오키나와 옛이야기

– 류큐호(琉球弧)의 구비 신화와 인물 전설 –

오키나와 옛이야기

-류큐호(琉球弧)의 구비 신화와 인물 전설-

정진희

보고사
BOGOSA

머리말

 지금으로부터 10여 년 전, 나는 박사 논문의 자료 수집을 위해 한 해 동안 오키나와에 머물렀다. 류큐대학 도서관의 향토자료실에서 오키나와 설화 자료집들을 찾고, 여기저기에 흩어져있는 고서점들을 돌아다니고, 각 지역 교육위원회에서 간행한 마을지에서 설화 자료를 찾아 구입하거나 복사하고, '신화'를 변별하여 그 줄거리를 요약하는 것이 당시의 내 일과였다.
 하지만 '신화'란, 전승 집단 외부에서 규정되는 것이 아니라 그 내부에서 합의되는 것이다. 설화의 전승 맥락과 배경에 무지했던 나는, 내가 정리하던 설화가 과연 신화인지 아닌지조차 판단하기 어려웠다. 결국 나는 책상 위에 쌓인 자료들을 서가로 밀어내고, '미야코지마'라는 지역에 한정하여 그곳의 의식요(儀式謠)와 그 주변을 공부하기 시작했다.
 박사 논문을 쓰고 난 후, 책상 밑 오키나와 설화 자료 상자와 노트북 오키나와 설화 폴더의 뒤죽박죽 자료들에 대한 부담감에 마음이 켕길 무렵 마침 최원오 선배가 동북아시아 구비 설화 번역 팀을 꾸리는데 오키나와 부분을 맡아할 생각이 없느냐고 제안해 주었다. 이 책의 토대가 된 것이 바로 그 때 다듬은 글이다. 워낙 관심이 신화에 집중되어 있던 터라 민담 영역은 살피지 못

5

했고, 공부가 부족하여 각각의 설화 유형에 대한 해제도 작성하지 못했기 때문에 스스로 책을 묶어낼 생각은 하지 않았다. 다만 막연하게 부족한 부분을 채워 언젠가는 세상에 내보이리라는 생각만 하고 있었는데, 우연한 기회에 얻은 조해숙 선배의 격려와 주선으로 그간 공부해 온 자료를 정리하여 내어놓게 되었다. 몇 해 전 류큐 왕조의 문헌 설화집인 『유로설전(遺老說傳)』의 주석과 번역이 한국어로 이루어진 바 있는데, 부족하나마 이 책이 구비 설화로서 짝을 이룰 수 있었으면 하는 바람이다.

〈류큐호의 구비 신화와 인물 전설〉이라는 부제를 따로 달게 된 데에는 몇 가지 이유가 있다. 무엇보다 소개한 '옛이야기'가 주로 창세 신화와 시조 신화, 인물 전설에 국한되어 있어 제목과 내용이 어긋난 데 대한 면피용 부제임을 자인해야겠다. 하지만 '류큐호'라는 말을 쓴 것은 다른 의도가 있다. '오키나와'라고 하면 보통 현재 일본의 오키나와 현을 가리키는데, 이 책에는 가고시마(鹿兒島) 현 아마미 제도의 이야기도 적지 않다. 류큐는 오키나와 본도에서 발흥하여 미야코 제도와 야에야마 제도를 비롯, 아마미 제도 등의 여러 섬들을 복속하면서 확립된 중세 왕조이다. 그 류큐 왕조의 흔적이 아마미 제도의 구비 신화와 전설에도 적지 않게 남아 있는바, 아마미 제도가 일본의 직접 지배로 먼저 류큐국에서 떨어져 나가고 결국 오키나와 현에서도 제외되었다고 해서, 이 지역의 옛이야기를 도외시할 수는 없다. 이 책에서 소개하는 설화의 전승 지역은 일본 열도와 타이완 사이에 호상(弧狀)으로 위치한, 옛 류큐 왕조의 판도에 포함되었던 여러 섬들이라는 사실을 부제목을 통해 확인해 두고자 했다.

그렇다고 해서 '류큐호'를 역사적 사건으로 인해 분열된 민족 공동체로 보거나 동질적 문화 공동체로 보려는 것은 아니다. 오키나와 사람들이 일본인(야마톤추:야마토 사람이라는 뜻)과 구분하여 자신들을 지칭하는 말인 '우치난추(우리 사람)'라는 말이 있다. 류큐 대학에서 공부하던 야에야마 제도 이시가키지마 출신의 한 대학원생이 '나는 우치난추가 아니다'라고 범상하게('결연히'가 아니라!) 말하던 대화의 순간을 나는 잊지 못한다. 이 책에서 말하는 오키나와 혹은 류큐호는, 독자적인 '시마(섬 또는 마을) 공동체'가 병존하는 특정 지역에 대한 명칭이지 그것들의 차이를 사상(捨象)하는 '민족 공동체'나 '국가'의 이름이 아니라는 점을 다시 한 번 강조하려 한다.

'우타키(御嶽)'라는 마을 성소(聖所)를 중심으로 이루어지는 오키나와 '시마(섬이라는 뜻이지만 마을을 의미하기도 함) 사회'는 신앙 체계와 사회 구조가 긴밀하게 연결되어 있다. 일반화의 위험성을 무릅쓰고 간단히 말하자면 마을에서 사회적으로 중요하고 지도적 위치에 있는 인물(닛추, 根人)은 마을 의례를 주도하는 사제(니쑤, 根神)와 같은 집안의 사람이기가 일쑤이며, 이들이 속한 집안은 '니야(根屋)'라는 마을의 종가(宗家)인 경우가 일반적이다. 선조들이 이룩해 온 마을의 역사는 곧 신들의 역사이며, 신과 조상의 경계는 모호하다. 이 때문에, 오키나와의 시마 사회에서 전승되는 옛이야기는 그 장르 구분 또한 애매하여 신화와 전설을 명확하게 구분하기가 곤란하다. 따라서 이 책에서는 설화의 장르 구분에 얽매이지 않고, 류큐호의 시마 사회에서 '과거의 진실'로 믿어지며 전승되는 이야기들을 골라 묶었다. 부제의 '구비 신화와 인물 전설'은 여기 소개된 이야기들이 구비 신화 혹은 인물 전설 중 하나로 그 장르가 귀속된다는 뜻이 아니라, 신화이기도 하며 전설이기도 한 이야기 유형과 각편들의 갈래적 모호성을 의미하는 것이다.

이 책에서는 임의적으로 붙인 제목 아래 서사와 표현이 상세한 각편을 대표 격으로 소개하고, 연이어 가능한 한 여러 각편을 제시하고자 하였다. 비슷한 모티프를 지닌 이야기들이 전승의 현장에서 전혀 다른 성격의 이야기로 향유될 수 있음을 알기 때문이다. 예컨대 한국의 〈야래자(夜來者) 설화〉 유형의 이야기는 미야코지마(宮古島)의 가리마타(狩俣) 마을에서는 우타키 신에 대한 신화이지만, 다라마지마나 오키나와 본도에서는 '하마오리'라는 절기 행사의 유래담이다. 지역에 따라 이야기의 성격과, 이야기에 대한 믿음의 정도가 일정치 않은 것이다. 하나의 각편만을 대상으로 설화의 의미를 성급하게 재단하는 일이 없었으면 하는 뜻에서, 대표 격으로 소개한 이야기에 비해 변이의 요소가 보이는 각편들을 가능한 한 여럿 실으려고 노력하였다.

故 다마키 마사미 선생님의 미야코지마 우타키 답사에 따라갔던 때의 일을 잊을 수 없다. 우타키에 닿자마자 거리낌 없이 카메라부터 들이대던 내게, 선생님은 평소의 어조 그대로 나직하게 말씀하셨다.

-정 상, 우타키 신이 노여워해요.

마을 사람들조차 함부로 출입할 수 없는 우타키에 무턱대고 들어선 것도 모자라, 나는 최소한의 예를 갖추는 것도 잊고 있었던 것이다. 이케마지마의 우하루즈 우타키에서 새 디지털 카메라가 고장이 나고 만 것은, 무례한 나에 대한 우타키 신의 당연한 징벌이었다고 생각한다. 연구 대상에 대한 예의와, 연구 대상이 자신의 진실을 보여주지 않는다면 내가 그것에 가까이 가기는 어렵다는 겸손, 내가 무엇인가를 알고 깨닫게 되었을 때 그것을 허여해 준 대상에 대한 감사. 잘 지키고 있지는 못하지만, 늘 명심하고 있는 선생님의 가르침이다.

　원고를 준비하면서 나는 선생님의 가르침을 떠올렸다. 나는 독자들이 오키나와의 옛이야기에 좀 더 가까이 다가갈 수 있는 방법이 무엇인지 생각해 보았다. 나의 서툰 번역과 이야기에 대한 모자란 이해에도 불구하고 오키나와의 이야기가 내게 이 책을 낼 수 있게 허락했다면, 내가 할 수 있는 건 다 하는 게 최소한의 예의와 감사라고 여겼기 때문이다. 될 수 있으면 여러 각편을 소개하여 이야기의 진폭을 드러내고, 운문을 최소한으로 자제하며, 각편의 채록 지역을 병기하여 지역적 특성이 조금이나마 드러날 수 있게 하는 한편 사진과 지도를 실어 설화의 내용과 배경에 약간의 현실감을 더하고자 한 것은 이러한 고민에 따른 것이다. 답사 지역이 한정적이라 아마미(奄美)의 사진 자료가 전무하고 야에야마(八重山)의 자료가 거의 없는 데 대해서는 독자 여러분의 해량(海量)을 바랄 뿐이다. 그나마 동아대학교의 최인택 선생님 덕분에, 야에야마의 사진 자료를 두어 편이나마 실을 수 있었다.

사진을 제공해 주신 최인택 선생님, 지도와 약도를 만들어 준 정진숙 언니 덕분에 바라던 원고의 틀을 그나마 갖출 수 있었다. 이 자리에서 감사의 마음을 전한다.

연구실의 자료를 공유할 수 있도록 해 주신 故 다마키 선생님과 모로미 나나(諸見茶々), 늘 신세를 지고 있는 마에시로 준코(前城淳子) 선생님에게 이 책이 조금이나마 보답이 되었으면 좋겠다. 퇴근 후 천근만근인 몸을 곧추세우고 나와 함께 앉아 오키나와 설화를 함께 읽어주고, 사전에 나오지 않는 구어(口語)의 뜻을 설명해 주던 오랜 벗 오시로 미나코(大城美奈子), 불청객을 마다않고 따뜻하게 맞아 주는 다모츠(保) 아저씨, 유세(悠生), 케테츠(佳哲), 치사(千幸)에게도 마음으로부터의 감사를 꼭 전하고 싶다.

책을 엮을 수 있는 용기와 기회를 주신 조해숙 언니와 보고사의 여러분들, 특히 성가신 레이아웃을 기꺼이 감당해 준 편집부의 이유나 님 덕분에 묵은 원고가 새 단장을 하고 빛을 보게 되었다. 이 책이 나오기까지 애써 주신 많은 분들께, 또 무엇보다 서툴기만 한 내 사랑을 받아주는 '오키나와'에게 고마운 마음을 전하는 것으로 머리말을 맺는다.

2013년 3월
정진희

10

일러두기

1. 여기에 소개한 자료는 遠藤庄治·福田晃·山下欣一, 『日本傳 説大系−南島』, みずうみ書房, 1989에 정리된 설화를 중심으로 취 택한 것이다. 채록 설화의 원문 확인에 참조한 설화 자료집은 이 책의 참고문헌에 정리하였다.

2. 설화를 분류하여 소제목을 붙인 것은 본문 내용에 따라 임의 로 한 것일 뿐, 엄밀한 분류나 학술적 화형(話型)이 아님을 밝혀 둔다.

3. 오키나와어는 오키나와 안에서도 지역에 따라 그 차이가 큰 편이다. 고유명사 등의 오키나와어를 우리말로 번역하지 않고 그 대로 쓸 때에는 채록 지역의 발음을 대표로 삼되, 통상적 표준 발음과 한자어를 괄호 안에 병기하는 것을 원칙으로 하였다. 발음 의 차이가 미미할 때에는 한자만을 병기하고, 해당하는 한자가 없거나 명확하지 않을 경우 가타가나로 표기하였다.

예: 다치간(다치가미, 立神), 구니(國), 구마야(クマヤ)

4. 오키나와어 발음의 한글 표기는 원칙적으로 일본어 가나의 한글 표기 방식을 따르되, 두 음가(音價)의 차이가 심할 때에는 현지 발음이 반영되도록 했다.

5. 수록한 사진은 류큐 대학의 故 다마키 마사미(玉城政美) 연구실에서 수행한 미야코 우타키 답사(2002.09, 2003.10, 2004.1.31. -2004.2.1.) 자료, 필자의 구다카지마 답사(2003.09, 2003.12) 및 류큐 왕조 유적지 답사(2012.01) 자료에서 가려 뽑은 것이다. 야에야마 다케토미지마의 신미 우타키 사진, 미로쿠(미루쿠) 사진은 동아대학교 최인택 선생님이 제공한 것이다.

6. 이야기의 이해를 돕기 위해 약도를 수록하였다. 약도를 기반으로 상세 지도를 참고해 주었으면 한다.

이야기를 읽기 전에
-오키나와, 류큐호, 류큐 왕조

동해

요동반도

한반도

발해

산동반도

황해

제주도

혼슈

시코쿠

규슈

상해

오키나와

복주

대만

35°

30°

25°

140°

20°

120° 125° 130° 135°

동아시아 속의 오키나와

앞의 간단한 동아시아 지도에서 오키나와가 어디인지 찾아보자. 한국과 중국, 일본, 타이완이 둘러싸고 있는 바다 가운데, 그 어느 곳과도 특별히 가깝거나 멀지 않은 지점에 놓여 있는 작은 섬. 이 섬이 바로 오키나와다.

하지만 지도를 확대하여 상세히 들여다보면 오키나와는 크고 작은 수십여 개의 섬들로 이루어진, 결코 작다고만은 할 수 없는 제도(諸島)이다. 현재 일본의 가고시마 현에 속해있는 아마미(奄美) 제도의 남단에서부터 오키나와 제도가 시작되고, 미야코 제도, 야에야마 제도가 나란히 줄지어 있다. 그 모양이 마치 활과 닮아, 아마미 제도에서 야에야마 제도까지 이어지는 섬을 흔히 류큐호(琉球弧)라고 부르기도 한다.

류큐호의 주요 제도와 섬

과거 오키나와에는 '류큐(琉球)'라는 국가가 자리하고 있었다. '아지(安司)'라는 지역 수장들의 세력 투쟁 결과 삼산(三山; 북산, 중산, 남산)이 정립(鼎立)하였고, 남산 출신의 쇼하시(尙巴志)가 삼산 통일을 달성하여 수립된 왕조 국가가 바로 류큐 왕조였다. 왕조의 수도가 슈리(首理)였기 때문에, 이를 '슈리 왕부(王府)'라고도 한다.

류큐 왕조의 판도는 오늘날의 류큐호와 거의 겹친다. 이 책에서 소개할 이야기는 '일본의 최남단 현 오키나와'가 아니라, 바로 이 류큐 왕조의 흔적이 남아 있는 류큐호에서 전해져 온 이야기들이다. 그럼에도 불구하고 이 책의 제목이 '류큐의 옛이야기'가 아닌 것은, 류큐 왕조에 복속되었다가 사츠마의 침입 이후 일본에 편입된 아마미 제도, 류큐 왕조의 외부적 내부였던 사키시마(先島 : 미야코 제도와 야에야마 제도를 지칭)의 존재, 섬들 사이의 교류와 갈등의 역사를 '류큐'라는 지배 왕조의 이름이 지워버릴 수 있다는 염려 때문이다.

동아시아 근대의 정세 및 일본의 내정 변화에 맞물려 탄생한 류큐한(琉球藩)과 오키나와 현. 2차 대전 이후 미국과 일본의 안보 정책과 협약에 따라 미군 기지의 땅으로 자리매김 되었고, 전쟁의 화염이 내재되어 있음에도 불구하고 아이러니하게도 이국적인 평화의 섬이자 힐링(이야시, 癒し)의 관광지로 이미지 메이킹되고 있는 곳. 이 책에서 소개할 옛이야기는 이러한 역사 위에서 생명을 이어온, '류큐호'라는 이름으로 통칭되는 지역의 여러 섬들에서 전승되어 온 이야기들이다.

15

차 례

17

18

19

아마미의 창세 신화

기카이지마의 기원

이것은 옛날, 세계의 기원에 대한 이야기이다. 기카이지마(喜界島)의 기원은 이렇다. 나가미네(永峰)라는 산봉우리 꼭대기에 물이 흐르는 곳이 있다. 하늘에서 신이 그곳에 내려왔다. 신은 인간을 만들어야겠다고 하시고 흙으로 여자와 남자를 만들었다. 그리고는 두 사람에게 '유미타(말)'를 시켰다. 먼저 남자에게 말씀하셨다.

"너부터 먼저 유미타를 해 보라."

남자 인형은 뭐라고 유미타를 해야 하는지 물었다.

"네 생각대로 하라."

"그렇다면 아뢰겠습니다. 저는 흙을 먹고 살아갔으면 합니다."

신은 이번에는 여자 인형에게 말했다.

"이번에는 네가 유미타를 하라."

여자는 대답했다.

"저는 밭을 가는 도구를 갖고 싶어요."

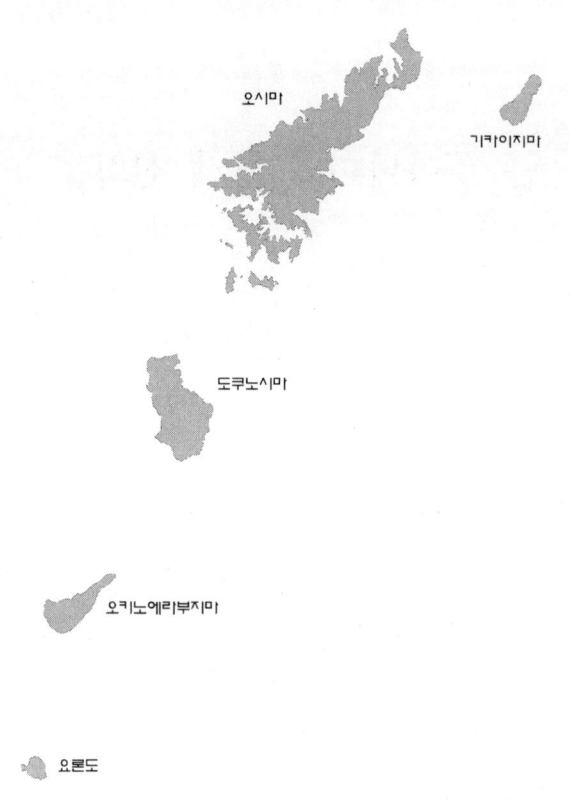

아마미 제도

옛날 이 섬에는 논은 없고 그저 들과 산, 돌들만 가득할 뿐이었다. 신은 하늘로 올라가 밭을 가는 도구를 주문했다. 음력 11월 8일(대장장이가 모시는 신의 제일)이 되자, 드디어 신의 사자가 '후치'라는 풀무를 지고 왔다. 신은 정월 2일(신년 일을 시작하는 날)에 그 풀무로 우선 낫을 만들고, 그 다음에 괭이를 만들어 여자에게 주었다. 이렇게 해서 기카이지마에는 논이 생겼다.

인간은 흙에서 생겨난 것이라고 한다. 〈아마미 기카이지마〉

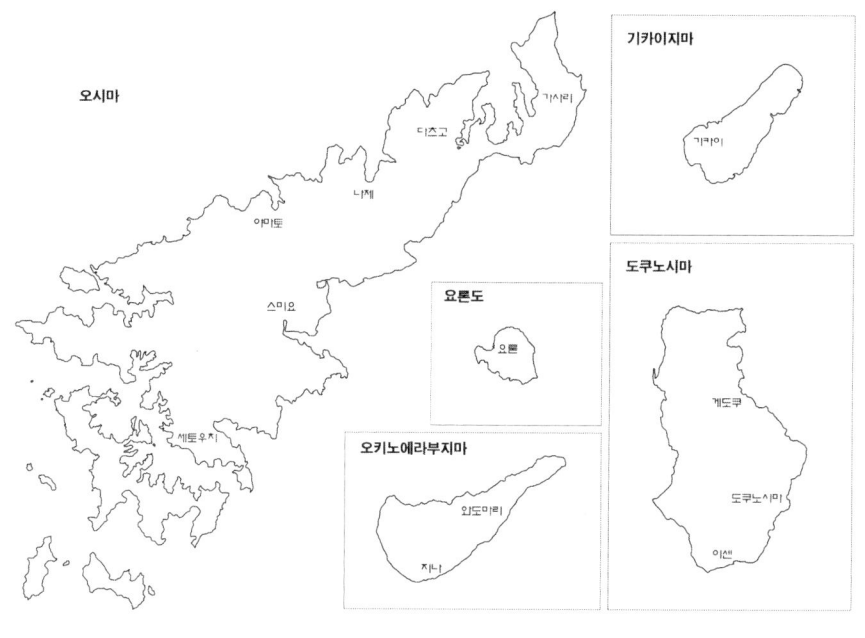

기카이지마

기카이

오시마

기시리

다츠고

나제

아마토

스미요

세토우치

요론도

요론

도쿠노시마

게도쿠

도쿠노시마

이센

오키노에라부지마

와도마리

지니

아마미의 섬들과 지명

오시마 다츠고 아키나의 창세

시마구다마루가 하늘에서 내려와 섬을 만들려고 열심히 일하고 있었다. 언덕을 만들기 시작하자, 바다가 거칠어지면서 큰 파도가 덮쳐 도무지 섬을 만들 수가 없었다. 이래서야 아무리 일한다 한들 소용이 없으니 어떡하면 좋을까 곰곰이 생각했지만, 아무리 생각해도 별 뾰족한 수가 없었다. 시마구다마루는 날마다 바닷가에 나가 파도만 바라보고 있었다.

어느 날, 바다에서 메마루산간 사마라는 신이 갑자기 나타나 물었다.

"너는 어째서 매일같이 바다만 바라보고 있느냐? 무슨 생각을 하는 거냐?"

"저는 섬을 세우려고 열심히 일하고 있습니다. 언덕을 만들려고 합니다만, 파도가 덮쳐 잘되지 않습니다."

그러자 신은 해결책을 일러주었다.

"섬의 곳마다 커다란 돌을 놓아 두어라. 그러면 큰 파도가 덮치지 못하니 섬은 금방 세워질 것이다."

이렇게 해서 각 섬들의 곳마다 '다치간(다치가미, 立神)'[1]이라고 하는 커다란 돌이 생겨나게 되었다. 아마미 오시마에서 이츠부다치간(伊津部立神)이니, 하키나다치간(赤木立神)이니 하는 것이 곧 그것이다.

한편, 옛날에는 쌀이 없어서 고구마만 먹고 있었다. 시마구다마루의 자식이 논을 만들려고 땅을 파 넓혀 논 형태를 갖추려고 했지만, 해도해도 큰 비가 내려 논이랑이고 뭐고 무너져서 전혀 논을 만들 수 없었다. 시마구다마루의 자식은 오래도록 고생하는데도 논이 만들어지지 않자 하늘만 바라보고 있었다. 그러자 하늘에서 후쿠진사마라는 신이 내려와 물었다.

"너는 무엇을 바라보고 있느냐?"

"논을 만들고자 열심히 두둑을 짓고 있습니다만, 비가 내려 무너

---

1) 아마미를 비롯하여 오키나와, 일본 각지에는 바닷가나 해중(海中)에 높이 솟아 있는 커다란 바위 중에 '다치가미(立神)'라는 이름이 붙어 있는 예가 종종 보인다. 보통 '다치가미이와(立神巖)'라 한다.

져 내리는 통에 도통 만들어지지가 않으니 큰일입니다. 이렇게까지 애쓰는데도 아무 소용이 없어서 이렇게 바라보고만 있습니다."

"아아, 그래? 내게 두둑을 세울 풀 씨앗이 있으니, 하늘에 올라가 가져오마."

후쿠진사마는 '고에'라는 풀 씨앗을 가져다 주었다.

"이것을 심으면 두둑이 튼튼해져 논이 생길 거다."

이렇게 후쿠진사마에게 배운 후로, 훌륭한 논이 생겼다고 한다.

그러나 그 다음에는 논에 심을 볍씨가 없었다. 여기저기 땅을 파며 볍씨를 찾아보았지만, 아무리 찾아도 찾을 수 없었다. 어느 날, 고신사마라는 신이 물었다.

"그렇게 땅을 파면서까지 찾고 있는 게 무어냐?"

"논은 생겼습니다만, 쌀 종자가 없어서 곤란합니다."

"내가 네리야에서 훔쳐 오마."

고신사마는 이렇게 말하고 네리야로 가 볍씨를 훔쳐 와서 시마구다마루의 자식에게 건넸다. 그것을 논에 심었더니, 과연 벼가 자라나 논에 그득하였다.

시마구다마루의 자식은 매우 기뻤다. 그러나 네리야에서 많은 쥐들이 몰려와 그만 경작한 쌀을 대부분 먹어치워버리고 말았다.

"우리 아버지가 말씀하시길, 쌀은 고신사마가 네리야에서 훔쳐 간 것이니 먹을 게 없으면 가서 먹어도 좋다고 하셔서 여기 와 먹는 거다."

"아아, 쥐님, 쥐님. 아무려나 종자만큼은 좀 남겨 주실 수 없나요? 종자만큼은 좀 남겨 주세요."

쥐는 농부가 지은 작물을 함부로 먹어댄다고 하는 이야기이다.

〈아마미 오시마 다츠고(龍鄕) 아키나(秋名)〉

오시마 세토우치의 창세

옛날, 여러 섬들은 바다 위를 떠다니고 있었다. 오키나와에서 온 비지딘이라는 신이 하늘의 아마미쿄 신에게 청하여 흙을 가져오게 했다. 하지만 그것으로는 충분치 못했기 때문에 흙과 돌, 망치 등을 가지고 와서 섬을 만들었다.

세츠코 마을에는 바닷가 백사장을 만들고 마을 한가운데에는 하천을 만들어 아름다운 마을이 이루어지게 했다. 마을 안 길은 호랑이 모양으로 하고 입구는 호랑이 입을 본떠 만들어 사악한 것이 들어오지 못하게 했다. 산은 유안다케(湯灣岳)를 먼저, 두번째로 에보시다케(烏帽子岳), 세번째로 세츠코의 단노다케(タンノ岳), 네번째로 고니야(古仁屋)의 걈마야마(キャンマ山)를 만들고, 그곳에 각각 맑은 물을 흘려보냈다고 한다.

비지딘 신은 일곱 명의 수하를 동반한 채 깃발을 세우고 말을 타고 왔다고 한다. 마을의 커다란 가주마루 나무[2]는 비지딘 신이 심은 것으로, 그곳에는 칼과 금으로 만든 대야가 있었다고 한다.

〈아마미 오시마 세토우치(瀨戶內) 세츠코(節子)〉

---

2) 학명은 Ficus microcarpa. 용수(榕樹). 가지가 무성하게 자라 짙은 그늘을 드리운다. 오키나와 곳곳에서 많이 볼 수 있다.

* 남국(南國)에서 아마미쿄사마가 형제들과 함께 왔다. 압록강, 조선에서 출운국으로 왔으나 그곳도 어지러워져서, 아마미쿄사마는 이얀야(이와야, 巖屋)[3]에 들어가버렸다. 세상은 이레 동안 암흑이었다. 다카치호사마가 춤과 씨름 등으로 아마미쿄사마를 굴 밖으로 나오게 하자 세상이 밝아졌다. 그 때 다카치호사마가 가져온 나무에 짚을 올려 집을 지었으니, 이것이 집의 시작이다. 이날을 기념하여 축하하는 날이 8월의 십오야(十五夜)이다.

 일본은 아직 굳어지지 않은 채 부유하고 있었다. 아마미쿄사마가 쉬면서 떠다니는 섬을 향해 합장하니, 그것들이 하나가 되어 나라가 이루어졌다.

 남쪽에 좋은 섬이 있다 하여 그곳으로 가서 '아름다운 섬'이라는 뜻의 '아마미'라는 이름을 붙였다. 유안다케의 구니시라는 신과 아마미쿄사마 사이에서 생겨난 딸이 세츠코의 비지딘 신이다. 아마미쿄사마는 비지딘에게 유안 동쪽의 아름다운 백사장이 있는 마을의 시마다테가나시(島建加那志)[4]가 되라고 명하고, 골짜기나 하천에 좌정하지 않고 산등성이를 타고 가 단뇨라는 봉우리에 좌정하였다고 한다. 〈아마미 오시마 세토우치〉

---

3) 암벽 동굴. 일본 신화에서 아마테라스오미카미가 들어가 있었다고 하는 '아메노 이와야(天巖戶)'를 연상시킨다.
4) '섬을 세운 분'이라는 뜻. '가나시(加那志)'는 존경의 뜻을 나타내는 경칭(敬稱)의 접미어.

도쿠노시마의 창세

네리야의 여신과 남신 기리시마단

네리야의 여신이 바다에서 오셨다. 남신 기리시마단도 바다에서 오셨는데, 그 때 기리시마단은 한 길 세 척 다섯 촌이나 되는 쇠로 된 멋진 봉(棒)과 함께 오셨다. 네리야의 신은 기리시마단에게 물었다.

"그렇게 훌륭한 것을 지니고, 어떻게 바다로부터 오셨습니까?"

기리시마단은 대답했다.

"나는 바다와 섬을 연결하는 신이다."

네리야 신은 기리시마단에게 제안했다.

"나와 함께 삽시다."

그러나 기리시마단은 제안을 거절했다.

"그건 안 된다."

"당신은 나와 함께가 아니면, 아무리 애쓴들 섬과 바다를 연결할 수는 없을 겁니다."

네리야 신이 이렇게 말하자, 결국 둘은 함께 살게 되었다. 둘 사이에는 아들 세 명, 딸 세 명이 생겼다. 어느 날, 네리야 신이 기리시마단에게 부탁했다.

"내가 출산할 때, 들여다보지 말아주세요."

그러나 기리시마단은 한번 들여다보면 어찌 되는지 궁금해져서 방에 들어가고야 말았다. 네리야 신은 화를 냈다.

"그만큼 굳게 약속했는데, 그 약속을 깨뜨렸다!"

기리시마단은 네리야 신이 미인이어서 부부가 된 것인데, 네리야 신은 머리카락은 쥐털 같고 옷은 누더기를 입은 것처럼 하고 있었다. 기리시마단은 피부가 가려워졌다. 기리시마단과 네리야 신은 서로 갈라서자고 하여 헤어지게 되었다.

그러면 태어난 아들 셋과 딸 셋은 어떻게 할지 기리시마단이 물었다. 네리야 신은 대답했다.

"나누지 않아도 된다. 내가 자리를 줄 테니, 그것으로 충분하다."

네리야 신은 절기가 바뀌면 그 절기의 작물을 수확하라며 벼와 보리를 심고 거두는 시기를 자식들에게 가르쳐주었다. 그래서 자식들은 곡식들을 경작할 수 있게 되었다. 그리고 네리야 신은 첫째 아들과 딸을 결혼시켜 당(唐)에, 가운데 둘을 결혼시켜 나하(那覇)에, 막내 둘을 결혼시켜 야마토(大和)에 나라를 세우라고 일렀다.[5] 또 금속을 나누어주는데, 맨 위 둘에게는 금을, 가운데 둘에게는 은을, 아래 둘에게는 철을 주었다. 그래서 당은 금왕, 나하는 은왕, 야마토는 철왕이 되어 세상을 세워올렸다. 쇠붙이는 이렇게 해서 생긴 거라고 한다. 〈아마미 도쿠노시마(德之島) 이센(伊仙)〉

꽃피우기 내기

옛날, 세상이 시작될 때 아마테라스오미카미(天照大神)와 그 밖의 많은 신들이 벌레를 만들고, 물고기를 만들고 해서 점차 세상을 만들어 갔다. 그러다가 인간을 만들지 않으면 안 되겠다고 생각해

---

5) '당(唐)'은 중국, '나하'는 류큐, '야마토'는 일본을 각각 가리킴.

서 점토로 인형을 많이 만들어 마당에서 말리고 있었다. 그런데 돌연 소나기가 내렸다. 서둘러 마무리를 해야만 하는 상황이라 발을 구부리거나 팔을 꺾거나 해서 겨우 인형을 정리할 수 있었다.

그렇게 해서 인간이 생기긴 했지만, 누가 이들을 다스릴 것인가 하는 문제가 생겼다. 그래서 마른 나무를 꺾어와 그 나무에 꽃을 피우는 이가 다스리기로 했다. 아마테라스오미카미는 당연히 꽃은 자신의 가지에 핀다고 생각해서 그만 자 버렸다. 그랬더니 옆에서 자던 신이 꽃을 바꿔치기해 버렸다. 다음날 아침 꽃을 바꾼 신이 말했다.

"자, 내 나무에 꽃이 피었으니 내 세상이다."

아마테라스오미카미는 대답했다.

"세상이 네 것임은 인정하마. 하지만 그 대신 세상이 존재하는 한 도둑의 종자는 사라지지 않을 것이다."

그래서 지금까지도 세상에 도둑이 끊이지 않게 되었다. 아마테라스오미카미는 이런 도둑의 세상이라면 이삭 끝만 먹고 살게 하겠다고 보리와 벼, 조에서 이삭 끝만 남기고 모든 열매를 훑어내 버렸다. 그래서 지금도 이삭 끝에만 열매가 맺히게 된 것이다. 그러나 콩을 훑어낼 때에는 손이 매우 아파서 내던져 버렸기 때문에 콩만은 열매가 잘 맺히게 되었다. 같은 인간이면서 그 중에 불구가 생긴 것도, 갑자기 비가 왔을 때 다리를 구부리거나 손을 꺾거나 했기 때문에 그런 것이다. 〈아마미 도쿠노시마 게도쿠(花德)〉

오키노에라부의 창세 – 〈시마코다 구니코다〉[6]

시마코다 구니코다가 섬을 건설했는데,

섬을 건설했지만 땅이 요동치고 흙이 흔들려

여기를 밟으면 저기가 올라가고 저기를 밟으면 여기가 올라가니

어쩔 도리가 없어 신을 뵈었다. 신께 아뢰니 말씀하셨다.

시마코다 구니코다가 그 정도 일을 몰랐단 말인가?

동쪽 물가에는 검은 돌을 놓아라. 서쪽 물가에는 흰 돌을 놓아라.

구니(國)는 건설했지만 인간을 만들 수 없다.

또 신을 뵈었다. 신은 흙으로 불상을 만들어 숨을 불어넣으면
인간이 생긴다고 하셨다.

인간은 만들었지만 자식을 만드는 방법은 무엇일까. 또 신을
뵈었다. 신이 말씀하셨다.

남자의 집은 바람 위에 만들라. 여자의 집은 바람 아래에 만들라.

그러자 바람 위 남자의 숨이 바람 아래 여자의 숨과 관계하여
자식이 태어나게 되었다.

자식은 생겼지만, 먹는 것은 어찌하랴. 또 신을 뵈었다. 신이
말씀하셨다.

니라가시마[7]에서 곡물 종자를 받아 와 경작하게 하라.

시마코다 구니코다는 신의 가르침에 따라 니라가시마에 갔다.
그리고 니라노우후누시(ニラの大主)에게 부탁했더니, 초수제(初穗
祭)를 지내지 않았으므로 곡물 종자는 줄 수 없다. 초수제를 지낸

---

6) 아마미 지역의 유타(巫) 사이에서 전승되는 유형성을 지닌 무속 서사시들 중 하나.
7) 용궁.

후에 주겠다.

그러나 시마코다 구니코다는 일단 온 이상 그냥 돌아갈 수는 없다고, 논의 벼이삭을 따서 소매 속에 숨기고 니라가시마에서 도망쳐나왔다. 니신토바루아메노카타바루라는 곳까지 왔을 때, 니라의 신이 쫓아와 시마코다 구니코다를 때려눕혀 숨을 끊어놓았다.

하루가 지나도 이틀이 지나도 시마코다 구니코다가 돌아오지 않자, 하늘의 신은 걱정이 되어 사자를 보내어 찾아보게 했다. 그랬더니 시마코다 구니코다는 니신토바루아메노카타바루에서 눈과 코가 훼손된 채 죽어 있었다.

하늘의 사자가 약을 먹이자 시마코다 구니코다는 다시 살아났다. 신은 사정을 듣고, 벼이삭을 원래 있던 자리에 돌려놓고 다시 받아 오라고 했다. 시마코다 구니코다는 다시 니라가시마에 가서 훔쳐냈던 벼이삭을 원래 있던 자리에 붙이고, 초수제를 끝낸 후 다시 벼 종자를 받아 왔다. 그 벼가 이 섬에서 예로부터 전해져 오는 아사나츠누요네곤다네이다.

〈아마미 오키노에라부지마(沖永良部島) 와도마리(和泊)〉

요론도의 창세

옛날 옛날, 아주 오랜 옛날의 일이다. 사이좋은 남매가 있었다. 남매는 작은 배를 저어 바다 위를 떠다니고 있었는데, 어느 날 노가 무엇인가에 걸렸다. 오라비가 확인하려고 바다에 내리자,

동서남북의 물이 빠지면서 깊은 바다였던 곳이 얕은 갯벌이 되고 그 갯벌이 금세 높아져서 섬이 되었다. 남매는 하늘을 향해 배향했다.

"하느님, 좋은 섬을 낳아 주셔서 감사합니다. 하늘의 신이시여, 감사합니다."

오라비는 누이에게 말했다.

"좋은 섬이군요."

누이는 오라비에게 말했다.

"좋은 섬으로 만듭시다."

남매는 둘이서 살아나갈 섬이 생겨서 매우 기뻤다. 집을 짓고, 그곳을 구니가키(國垣)라고 했다.

어느 날, 남매의 눈앞에 백조 두 마리가 나타났다. 하늘을 날던 두 마리 백조는 춤을 추며 내려와 부부의 정을 나누었다. 남매는 매우 놀랐다. 남매는 백조를 흉내 내어 사이좋게 살면서 많은 아이들을 낳았다. 바다에서는 많은 산물이 나고 밭에서는 열매가 잘 맺혔기에 그 자손이 섬에 가득해져서 크게 번창했다.

〈아마미 요론도(與論島)〉

* 옛날 요론도는 물결 위에 뜬 채 흔들리고 있었다. 아마미쿠와 시니구쿠 두 신이 다카마가하라에서 내려와 세 개의 기둥을 박아 넣어 섬이 움직이지 않게 했다. 두루미가 교미하는 것을 보고 자손을 낳았다.

〈아마미 요론도〉

2

오키나와의 창세 신화

이헤야지마

이제나지마

이에지마　　　고우리지마
민나지마
세소코지마

아구니지마

쓰켄지마

구메지마　　자마미지마　　　구다카지마

도카시키지마

오키나와 제도

오키나와 본도

남녀신이 이루어낸 오키나와

세상은 다미나토(田港)[1]로부터 이루어졌다. 다미나토 네자메야(根謝銘屋)의 구바 나무[2] 아래에 하늘에서 여신이 내려오고, 그 다음 남신이 내려왔다. 남신이 여신에게 물었다.

"세상을 이루었는가?"

여신이 대답했다.

"아직 이루지 못했다. 나 혼자서는 할 수 없다."

"그렇다면……."

두 신은 부부의 연을 맺고 구바 나무 아래에서 아이를 낳았다. 이 아이들이 자라서 사방팔방으로 입신(立身)하였다. 슈리에 올라간 이도 있었고, 동쪽으로 간 이도 있었다. 다미나토 네자메야는 신(神)의 근원이 되었다. 그래서 사방에서 신에게 기원하기 위해 네자메야로 온다. 지금은 네자메 문중(門中)에서 궁(宮)을 세우고 그 두 남녀 신을 제향하고 있다.   〈오키나와 오기미〉

* 운텐코(運天港)[3] 근처의 한 섬에 아마미쿄, 아미츠라는 신이

---

1) 오키나와 오기미(大宜味)의 마을. 마을 동쪽에 다미나토 우간(田港御願)이라는 숲이 있다.

2) 한자로는 포규(蒲葵), 빈랑(檳榔) 등으로 쓰며, 일본어로는 '비로'라고 한다. 10미터 이상 줄기가 높이 자라며, 종려나무처럼 가늘고 긴 잎들이 펼친 부채 모양으로 난다. 오키나와에서 구바의 잎은 생활과 전통 신앙의 의례 속에서 오래 전부터 널리 활용되어 왔다.

3) 나키진(今歸仁)에 있는 항구. 입구에 고우리지마(古宇利島)가 있고, 맞은편에는 야가지지마(屋我地島)가 있어서 조류의 영향을 덜 받는 천혜의 양항(良港)이다. 미나모토노다메토모가 도래했던 곳이라고 전해진다.

살고 있었다. 이 두 신이 오키나와를 만들었다고 한다.

〈오키나와 요미탄(讀谷)〉

* 하늘에서 내려온 남녀 두 신이 지금의 구바사노우타키[4]에서 구바 잎을 입고 살았다. 이 두 신으로부터 차례차례 아이가 태어났다고 하며, 이 두 신은 동굴에서 제사지내고 있다.

〈오키나와 우라소에(浦添)〉

* 한 남매가 나라를 만들라는 명을 받고 하늘에서 내려왔다. 두 사람은 이혜야의 동굴에 내려와, 그곳에서부터 인간 세상을 넓혔다.

〈오키나와 나고(名護)〉

고우리지마의 시조

고우리지마(古宇利島)에 벌거벗은 남녀 한 쌍이 있었다. 밥은 하늘에서 떡이 떨어져서 그것을 먹었다. 두 사람은 먹고 남은 것은 진부 함부로 하고 있었는데, 나이를 먹고 머리를 쓰게 되자 함부로 하던 떡을 또 배고파지면 먹을 요량으로 감추어 두었다.

"이들은 물건을 소중히 하니, 하늘에서 떡을 떨어뜨리지 않아도 자신들의 힘으로 일해서 살아갈 수 있다."

하늘의 신은 이렇게 생각하고 그때부터 전혀 떡을 내려주지 않

----

4) 우타키(御嶽)는 오키나와 토속 신앙의 성소를 가리키는 말이다. '무투', '온' 등 지역별로 다르게 부르기도 한다.

게 되었다.

"배가 고파요. 떡을 내려 주세요."

두 사람이 아무리 말해 봐도, 떡은 다시는 내려오지 않았다. 그
래서 두 사람은 바다에 가서 조개를 줍거나 고기를 잡아서 먹고
살았다.

어느 날, 두 사람은 바다에서 이전에는 못 보던 것—동물의 교미
—을 보았다. 두 사람은 못 본 척 했지만, 그 후로 그것을 흉내
내며 재미있게 지냈다. 한편으로는 부끄러움을 알게 되어 나뭇잎
으로 허리를 둘러 치부를 감추었다.

이 두 사람에게서 점점 퍼져 나가 오늘날의 고우리지마가 된
것이다.

〈오키나와 이헤야지마(伊平屋島)〉

* 하늘의 신이 저 나라에 가서 자손을 넓히라는 명을 받고 지상
에 내려왔다. 처음에는 하늘에서 먹을 것이 내려왔는데, 저장하
는 지혜가 생긴 까닭에 음식은 더 이상 내려오지 않게 되었다.
하늘을 향해 커다란 떡을 내려달라고 기원했지만 소용이 없었기
때문에 그때부터는 일을 해서 먹고 살아야 했다. 농경은 이 때
시작되었다고 한다.

〈오키나와 나하(那覇)〉

* 하늘에서 여자아이와 남자아이가 내려왔다. 두 사람이 자랄
때까지는 매일 하늘에서 떡이 내려왔으나, 두 사람이 성장하여
일해서 먹고 살 수 있는 나이가 되자 떡은 더 이상 내려오지 않
았다.

두 사람은 바다에서 조개며 고기를 잡다가 해마(海馬)가 서로 사랑하는 것을 보고 그날 밤부터 서로 사랑하게 되어 자손들이 번성하였다. 지금도 고우리지마의 우간조(御願所)-기원을 드리는 성소(聖所)-에서는 두 사람을 제사지내고 있다.

〈오키나와 이제나지마(伊是名島)〉

* 세 쌍의 남녀가 먼 곳으로부터 각각 나키진(今歸仁)과 나카가미(中頭), 시마지리(島尻)에 왔다.[5] 나카가미와 시마지리의 남녀는 사랑의 방법을 알고 있었으나, 나키진의 남녀는 부부가 되는 법을 몰랐다.

나키진의 남녀는 벌거벗은 채 동굴 속에 살고 있었는데, 우연히 좋은 날씨에 이끌려 운텐코(運天港)에서 고우리지마로 건너갔다. 고우리지마에 도착하자 비바람이 몰아쳐서 어쩔 수 없이 둘이 껴안고 있노라니, 바닷새가 날아와 지저귀면서 교미를 했다. 이것을 본 두 사람은 사랑하는 법을 알게 되어, 나키진의 동굴로 돌아가 바닷새처럼 정을 나누었다고 한다. 〈오키나와 기노자(宜野座)〉

* 최초의 인간 남매가 고우리지마에 내려와 해안에서 조개를 주워 먹으며 살고 있었다. 어느 날, 바닷새가 머리와 꼬리를 흔들며 교미하는 것을 보고 교합하는 법을 알게 되었다. 혹은, 두 사람이 풀숲에서 메뚜기 암수가 등을 맞대고 교미하는 것을 보고 교합하는 법을 알게 되었다고도 한다. 〈오키나와 기노완(宜野灣)〉

---

5) 나키진은 오키나와 본도의 북부, 나카가미는 중부, 시마지리는 남부를 가리킨다.

구다카지마[6]의 창세와 시조

구다카지마를 만든 아마미쿄

신이 수리[鷲]를 타고 태양에서 내려와 아마미쿄를 만들었다. 아마미쿄는 빨강, 노랑 등의 색이 칠해진 일곱 자 길이의 봉을 세워 구다카지마(久高島)를 만들었다. 아마미쿄는 태양과 지상을 왕복했다. 이 봉은 지금도 호카마(外間) 집안에 있다.

〈오키나와 구다카지마(久高島)〉

* 아마미쿄와 시네리쿄는 부부가 되었다. 아마미쿄가 '미보'라 는 봉을 세워 구다카지마를 만들었다.   〈오키나와 구다카지마〉

구다카지마의 시조

시라타루와 화가나시는 오누이로, 구다카지마의 선조이다. 두 사람 사이에는 아들 한 명, 딸 세 명이 있었다. 아들은 호카마의 닛추(根人)가 되고, 장녀 우토다루는 호카마 노로가 되었다.[7] 차 녀 우미타루는 몸이 부자유스러웠기 때문에 니시메(西銘) 집안으

---

6) 오키나와 안에서도 신들의 섬으로 이름이 높아 해변의 돌 하나도 외부 반출이 금 지되어 있다. 류큐 왕조의 창조 신화 및 왕조 의례와도 밀접한 관련이 있다. 세파 우타키(류큐 왕조의 최고 여성 사제인 기코에오기미의 취임식이 이루어지는, 류 큐 왕조 최고의 성지)의 제일 안쪽 배소(拜所)인 산구이(三庫理)에서 바다 멀리 보이는 섬이 바로 구다카지마이다.

7) '닛추'는 마을을 대표하는 남성이며, '노로'는 마을의 공적 제사를 주관하는 여성 사제이다. 보통 마을 개촌(開村) 시조 가문의 남녀가 닛추와 노로가 된다. 류큐 왕조는 노로를 왕조 차원의 사제(司祭) 조직으로 재편하여 관리하였는데, 그 최 고위에 있던 사제가 왕부(王府)의 여성 사제 '기코에오기미(聞得大君)'이다.

구다카지마의 위치

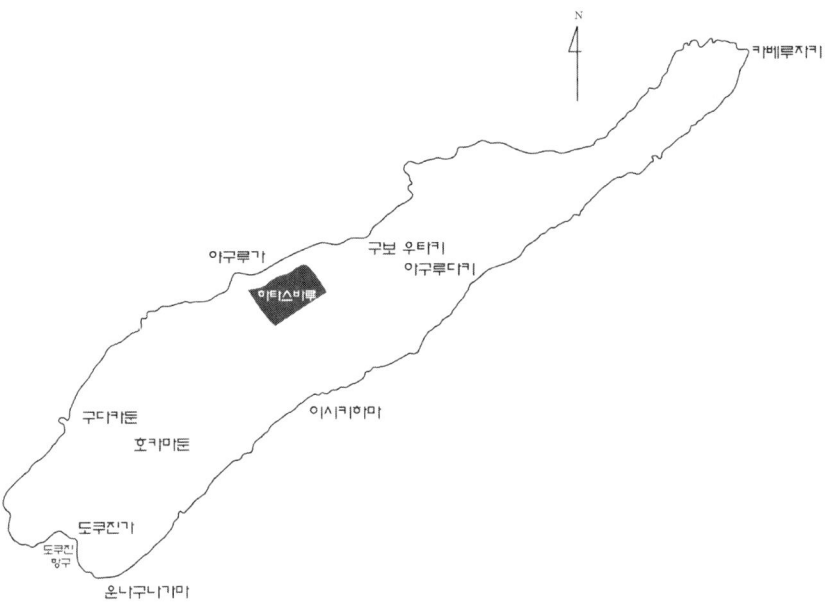

구다카지마

로 분가시켰고, 삼녀 타루가는 구다카 노로가 되었다.[8]

가미아샤기[9]의 서쪽 다루가라는 샘에서 시라타루를 제사지내고 있었는데, 가미야사기의 동쪽에 또 아샤기를 지어 시라타루를 옮기고 화가나시를 합사(合祀)했다.　　　　　〈오키나와 구다카지마〉

구다카둔(久高殿) 가미아샤기(오른쪽). 호카마둔과 더불어 구다카둔은 구다카지마의 의례가 행해지는 중요한 제장(祭場)이다.

---

8) 호카마 가문과 구다카 가문은 구다카지마의 마을 의례에서 주요한 역할을 담당하는 유서있는 가문이다.
9) 신을 모시고 의례를 올리는 장소. '아샤기', '아샤게'라고도 한다.

이제나지마의 가미아샤기. 오키나와 본도 가미아샤기의 일반적 형태

이제나지마 가미아샤기(위 사진)의 내부

* 오라비 시라타루가 누이 화가나시와 함께 구다카지마에 왔다. 상륙 후 운나구나가마 동굴로 옮겨갔는데, 먹을 것이라곤 해산물뿐이었다. 그래서 다시 아구루다키로 옮겼지만, 비가 오거나 하면 히난가마 동굴에 몸을 피하는 생활이었다. 두 사람 사이에는 다섯 명의 자식이 태어났다. 그 중 세 명은 곧 죽고, 화가나시도 그 뒤를 따랐다. 남은 두 명의 딸 중 장녀는 어떻게 되었는지 분명치 않으나, 미인이었던 차녀는 우푸라가(오자토가, 大里家)의 아카치미와 결혼하여 세 명의 아들을 낳았다. 장남은 호카마(外間) 가문의 시조가 되었고, 차남은 우푸라를 이었고, 삼남은 시루타 집안을 이었다고 한다. 〈오키나와 구다카지마〉

* 시라타루, 화가나시라는 남매가 햐쿠나(百名)[10]에서 구다카지마에 건너와 새가 부부의 행동을 하여 알을 낳는 것을 보고 부부의 교합을 하여 아이를 낳았다. 두 명의 자식 가운데 장녀는 호카마 노로가 되어 시라타루와 살고, 다른 딸은 구다카 노로가 되어 화가나시와 살았다. 호카마 노로는 '나라의 노로(國ノロ)'라 불리는데 '섬의 노로(シマノロ)'라 불리는 구다카 노로보다 지위가 높다. 〈오키나와 구다카지마〉

* 햐쿠나(百名) 민툰의 시라타루 부부가 달 밝은 밤에 구다카지마를 발견하고는 배를 타고 건너왔다. 테라가와에 배를 대고 도쿠진(德人) 나나야루이로 옮겨 도쿠진가(德人ガ) 샘의 물을 마시고

---

10) 오키나와 본도 남부 다마구스쿠(玉城)의 지명.

는 동쪽 아마쿠다리 우타키에서 잠을 잤다. 두 사람은 다시 이시키하마(伊敷浜) 해안으로 옮기고, 아구루 우타키로 옮겨 오랫동안 살았다. 두 사람에게는 아들 둘, 딸 한 명이 있었다고 하는데, 전하는 사람에 따라 사람 수가 다르다.　　　　〈오키나와 구다카지마〉

신이 강림한 섬 우리가미지마

옛날, 신이 하늘에서 우리가미지마(降神島)[11]의 아라하(アラハ) 우타키에 강림했다. 세상은 비로소 밝아졌다. 신이 강림하기 전까지 세상은 어두울 뿐이었는데, 그 신이 아라하 우타키에 내려온 이후 밝아진 거였다.

강림한 신은 구마야(クマヤ)[12] 동굴에 가서 그곳에 틀어박혔다. 그러자 여러 신들은 세상을 다시 밝게 해야 한다고 여겨 일곱 명의 신들이 구마야 동굴에 가서 빌었다. 이렇게 해서 구마야 동굴로부터 세상이 밝아졌다는 이야기이다.　　　〈오키나와 이제나지마〉

* 아마테라스오미카미(天照大神)가 한 바위 위에 내려와 아카루이(アカルイ) 우타키에 살았다. 이것이 곧 하다카유(裸世)이다. 그 우타키 아래에는 아기기타라라는 바위산이 있는데, 하다카유 사람들이 살았다. 아마테라스오미카미는 아카루이 우타키에 잠시 살다가 아마구스쿠(天城)로 옮기고, 또 구이지(後地)로 건너가 지금의 구마야가마라는 동굴에 살았다.　　　〈오키나와 이제나지마〉

11) 이제나지마 앞바다에 있는 작은 무인도.
12) 이헤야지마에 있는 동굴.

3

미야코의 창세 신화

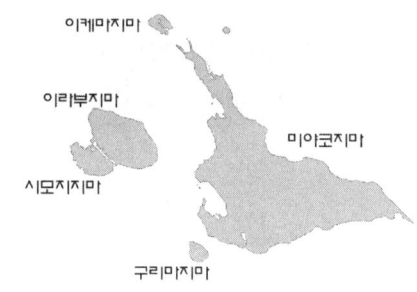

미야코 제도

미야코지마의 창세

미야코(宮古)는 아무것도 없이 평평했다. 하늘의 신이 아래로 내려가 세상을 만들라며 딸을 끈으로 묶어 내려 보냈다. 딸은 신의 명령이니 따르지 않을 수 없어 하늘에서 내려왔다.

하계(下界)의 섬은 딱딱한 돌뿐인, 바다에 솟아있는 바위같은 곳이었다. 딸은 하늘로 올라가 말했다.

"그런 곳에서는 세상을 열 수 없습니다. 딱딱한 돌만 있고 흙이라곤 하나도 없으니까요. 무슨 일이 있어도 하계에서 세상을 열 수는 없어요."

딸은 신의 명령을 거절했다. 그러자 하늘의 신이 말했다.

"흙은 우리가 내려주마. 다시 내려가거라."

딸은 어쩔 수 없이 명령대로 다시 하계에 내려왔다.

그날부터 상상 밖의 일이 벌어졌다. 밤새 번개와 벼락이 계속되고 비가 내리더니, 다음날 아침 일어나 보니 정말로 신이 내려보낸 적토(赤土)가 가득 쌓여 있었다.

미야코지마

딸은 다시 하늘로 올라가 말했다.

"적토에 무엇을 지을 수 있겠습니까? 세상을 열 수는 없습니다."

"아, 그렇구나. 다시 내려가거라. 우리가 흑토(黑土)를 내려주마."

신이 말하자 딸은 다시 별 수 없이 명령대로 하려고 하계에 내려
왔다. 그날 밤, 다시 적토가 내려왔던 밤처럼 번개와 벼락이 밤새
있었다. 다음날 아침 일어나 보니, 정말 흑토가 내려와 있었다.

"아, 이번에는 괜찮겠구나."

(그래서 흑토 밑에 적토, 적토 밑에 돌이 있다.)

"지금이라면 괜찮다. 세상을 열 수 있겠다."

딸은 다시 하늘로 올라갔다.

"곡물 종자가 한 알도 없으니, 무엇을 지어먹고 살겠습니까?
어떻게든 곡물 종자 모두를 나눠주세요."

하늘의 신은 여러가지 곡물 종자를 가지고 가게 했다. 그러나
한 가지가 빠져 있었다. 바로 '기인(キイン)'이라는 곡물이었다. 딸
은 그것도 달라고 청했다.

"안 된다. 이것은 가져갈 수 없다."

하늘의 신이 거절하자, 딸은 하늘의 신이 말리고 있던 종자를
훔쳐 속곳 속에 숨겨서 하계로 가져왔다. '기인'은 훔쳐온 것이어
서 달 밝은 밤에 심으면 좀처럼 자라지 않는다고 한다. 어두운
밤에 심으면 열매를 잘 맺는다.

어쨌거나 딸은 하계에서 여러 가지 곡물을 경작하였다. 신의
딸은 세상을 여는 것이 이제는 어렵지 않을 것이라 여겼다.

하늘의 신은 딸에게 말했다.

"처음 만나는 자를 남편으로 삼아라. 개든, 사람이든, 그 누구든 처음 보는 것을 남편으로 삼아야 한다."

"아아, 큰일이다. 어떤 자를 만나게 될까?"

딸이 처음 만나게 되는 이가 어떤 이일까 걱정하던 참에, 처음 보는 소인(小人)이 눈에 들어왔다. 뭐라고 할 수도 없이 추하고 작은 사람이었지만, 그 역시 신이었다고 한다. 딸은 그를 남편으로 삼았다.

미야코의 세상은 이렇게 해서 열리게 되었다.

〈미야코 미야코지마(宮古島) 우에노(上野)〉

4

야에야마의 창세 신화

야에야마 제도

이시가키지마의 창세 – 창세신 아만

옛날, 아주 오랜 옛날의 일이다. 디단가나시(太陽加那志)가 아만(アマン) 신을 불러 말했다.

"하늘 아래로 내려가 섬을 만들라."

아만 신은 그 말대로 섬 만들기를 시작했다. 아만 신은 디단가 나시에게 섬을 만들 흙과 돌을 잔뜩 받았다. 하늘에 있는 일곱 자(七尺) 다리 위에서 섬이 생길만한 바다에 그것들을 던져 넣고 하늘의 창으로 섞자, 섬이 생겨났다. 이 섬이 바로 지금의 야에야 마(八重山) 이시가키지마(石垣島)라고 한다.

이 섬에는 아단(阿旦)[1]이라는 나무가 무성하여 향기로운 열매 가 맺혔으나, 그것을 먹을 인간이나 동물은 아직 만들어지지 않고 있었다. 그로부터 훌쩍 시간이 지난 후, 아단 나무가 우거진 구멍 안에 소라게를 만들었는데, 신기하게도 아만 신이 '카부리―'라고 큰 소리를 내며 땅 위를 돌아다녔더니 소라게가 아단 나무의 열매 를 먹고 살아가게 되었다.

어느새 섬 여기저기에는 소라게가 살게 되었다. 하늘 아래의 일을 걱정하던 디단가나시는 소라게만으로는 하늘 아래가 적막 하다고 생각해서 얼마 후 인간이 태어날 수 있도록 사람 종자를 내려 보냈다. 그러자 옥같이 아름다운 젊은 남녀가 '카부리―'라고 말하며 소라게가 나온 그 구멍에서 생겨났다. 지상에 등장한 두 젊은이는 새빨갛게 익은 아단 열매를 발견했다. 배가 고팠던 두 사람은 그것을 게걸스레 먹었다. 아단 나무는 두 사람에게 생명의 나무가 된 것이다.

디단가나시는 두 사람을 연못가에 세우고 서로 반대 방향으로

---

1) 학명은 Pandanus odoratissimus. 오키나와 전역에 자생하며, 길고 가느다란 잎 이 밀집하여 자란다.

연못가를 돌아오라고 했다. 두 젊은이는 그 말대로 연못가를 돌다가 서로 부딪혀 생각지도 않게 껴안게 되고 말았다. 그래서 두 사람은 부부의 연을 맺고 세 명의 남자 아이와 두 명의 여자 아이를 낳았다. 그 후 세월이 흐름에 따라 야에야마에는 인간이 늘어갔다.　　　　　　　　　　　　　　　　〈야에야마 이시가키지마〉

* 섬의 시초 때, 아단나무가 자생(自生)하여 번성하자 뒤이어 소라게가 나무뿌리 밑에 구멍을 내고 '카뿌리–'라고 말하며 나타났다. 다음으로 그 구멍에서 '카뿌리–'라고 외치며 인간 남녀 두 사람이 나타났다. 두 사람이 배고픔을 느껴 아단을 보았는데 마침 커다란 열매가 익어 있어 그것을 따 먹었다. 이후 그것을 먹으며 목숨을 이어나가니, 자손이 번창하였다.　　〈야에야마 이시가키지마〉

아단 나무

아단 열매. 초록 열매가 점차 노란 빛을 띠다가 빨갛게 익어간다.

다케토미의 창세

다케토미지마 섬과 야에야마의 창세

하늘에 우묘가나시(大明加那志)라는 신이 있었다.

"자, 가서 섬과 마을을 세우고 오너라."

우묘가나시는 오모토(於茂登)라는 신과 신미(淸明)라는 신을 내려보냈다. 그러자 오모토 신은 오모토야마(於茂登岳) 산(이시가키지마에 있음)을 만들고, 신미 신은 작은 다케토미모토지마(竹富元島)를 만들었다. 다케토미지마 섬은 이렇게 해서 생겨났다.

하늘의 신은 두 신을 불렀다.

"산은 만들고 왔느냐? 섬도 만들었느냐?"

"예, 저희들이 만들었습니다."

"어디냐, 너희들이 만든 섬은?"

하늘의 신이 내려다보니, 솥뚜껑처럼 평평하게 생긴 작디작은 다케토미지마 섬이 생겨나 있었다.

야에야마 최초의 산을 만든 오모토 신은 그 산 위에 내려왔다. 각자 섬과 산을 만든 후, 오모토 신이 신미 신에게 말했다.

"여보게, 신미. 자네는 섬을 만드느라 열심이더니, 어째서 이렇게 작은, 솥뚜껑처럼 평평한 작은 섬을 만들었는가? 기왕 만들려거든 커다란 섬을 만들어야 하지 않겠는가?"

신미 신은 대답했다.

"그러기에는 내 힘이 미치지 못하네. 처음이라서 작디작은 섬을 만들었네만, 자네와 내가 함께 힘을 합쳐 만든다면, 커다란 섬이 생길 것도 같네."

"그럼, 같이 만드세."

이렇게 해서, 이시가키지마 섬도 생겨났다고 한다. 처음에는 다케토미지마 섬이 만들어지고, 그 다음에는 이시가키지마 섬이 만들어졌다는 것이다. 그러므로 섬의 시작은 다케토미지마 섬, 높은 산은 오모토야마 산이라고들 하여 노래로도, 이야기로도 전해진다.

〈야에야마 다케토미지마〉

다케토미지마를 만든 신미 신을 모신 신미 우타키

　＊옛날 옛날, 하늘의 신이 오모토 테라스와 오모토 호라스 두 신에게 인간이 살 섬과 산을 만들라고 명령했다. 테라스 신은 바다 가운데에서 조그만 바위를 발견하고 하늘에서 내려왔다. 이것이 아가리하이자시(東南岬) 바위로, 테라스 신은 이곳을 중심으로 해서 돌을 모으고 흙을 쌓아올려 오늘날의 다케토미지마를 만들었다. 호라스 신은 그 섬의 중심에 오모토 산을 세우고 그 정상에 살았다.

　어느 날, 호라스 신이 테라스 신에게 이 섬은 협소하니 더 큰 섬을 만들자고 제안했다. 그렇게 해서 두 신이 협력하여 만든 것이 오늘날의 이시가키지마 섬이다. 차례로 여러 섬을 만드니 그것이 야에야마의 여덟 섬이 되었다. 〈야에야마 다케토미지마〉

우간자키의 돌 쌓기

　오모토야마(於茂登山)의 신이 중심이 되어 야에야마 각 섬들의 신이 모였다. 바다에서 돌을 가져와 우간자키(御願崎)에 쌓아올리기 위해서였다.

　그런데, 다케토미지마 섬의 신과 고하마지마(小浜島) 섬의 신이 그만 지각을 하고 말았다.

　"어째서 늦은 건가?"

　다케토미지마의 신이 대답했다.

　"다케토미지마에 출산이 있어서 그것을 끝내고 오려고 하다 보니 늦었다."

　이번에는 고하마지마 섬의 신이 대답했다.

　"바다에서 떠내려 온 것이 있어 그것을 처리하고 오느라 늦었다."

　"좋다. 그렇다면 다케토미지마는 번영의 섬이니 '시라'를 충분히 하시게. 고하마지마는 바다에서 떠내려 오는 것들을 마을로 옮겨 처리해도 좋네."

　이런 허락이 떨어졌기 때문에, 고하마지마는 표류해 오는 나무를 사용하거나 표류물을 주워도 바다의 재앙 따위는 없다고 한다. 또 다케토미지마에서는 아이가 태어나면 열흘 동안 '시라'를 지내기 위해 우타키에도 가지 않는다. 갓난아기가 어느 정도 안정될 때까지 열흘 동안 '시라'라는 산욕기를 보내는 것이다.

〈야에야마 다케토미지마〉

아만유

옛날 옛날, 아마미쿄라는 여신이 하늘에서 내려와 마리츠, 소코츠라는 인간 남녀를 낳았다. 두 사람은 벌거벗은 채 동굴 속에서 살다가, 소라게가 아단 줄기와 열매를 먹는 것을 보고 그것을 먹었다. 이것이 인간이 먹는 음식의 시초이다.

두 사람이 열 두 살이 되었을 때, 아마미쿄가 또 하늘에서 내려와 남녀의 교합을 가르쳐 주었다. 아마미쿄는 여자인 마리츠에게 말했다.

"부족한 곳이 있으니 채우거라."

다음으로 남자인 소코츠에게 말했다.

"남는 곳이 있으니 버리거라."

두 사람은 배운 대로 허리와 허리를 맞대어 선 다음 둥근 연못 주위를 돌았다. 이렇게 해서 만난 두 사람은 처음으로 남자의 남는 곳을 여자의 부족한 곳에 채웠다. 이렇게 해서 인간의 사랑이 시작되었다. 이것을 '결연(結緣)'이라 하며, 곧 인류의 발상(發祥)이다. 여기에서 번영한 것이 곧 류큐인(琉球人)이다.

이 때를 '아만유(天孫世)', '하다카유(裸世)'라고 한다. 이때부터 천사(天使)를 '아마미쿄', 인간의 주거(住居)를 '아나', 소라게를 '만자', 음식의 기원을 '아단', 아버지를 '아챠', 어머니를 '암마'라고 부르게 되었다고 한다.

아만유의 인간이 처음으로 먹은 것이 아단의 줄기와 열매였기 때문에, 오본(お盆) 의례에는 반드시 아단 요리를 올린다. 또, 다케토미지마에서는 고대로부터 신에게 바치는 공물로 산과 들, 바

다에서 나는 풀잎을 미소(된장)에 무쳐 올리는 관습이 지금까지 이어지고 있다. 〈야에야마 다케토미지마〉

요나구니의 기원

데단도구루

옛날옛날, 남쪽 섬에서 육지를 찾아 온 남자가 있었다. 드디어 그 남자는 바다 가운데 솟아오른 바위섬을 발견했다. 남자가 섬에 사람이 있는지를 확인했지만, 그곳에는 사람이 없었다. 남자는 생각 끝에 소라게를 화살촉 삼아 화살을 그 섬으로 날렸다.

몇 년 후 섬에 다시 와 보니, 한 마리였던 소라게가 많이 번식해 있었다. 그래서 남자는 인간이 살 수 있는 섬이구나 생각하고는 남쪽 섬으로 돌아가 가족들을 모두 데리고 와 살았다. 그러는 동안에 사람들이 많아져서 남자는 신에게 이 섬을 크게 해달라고, 또 초목을 내려주십사고 기원했다. 신은 곧 갖가지 초목을 내려주었다.

그 후, 넉 달이나 큰 비가 쏟아져서 먹을 것도, 땔나무도 모두 없어 사람들이 굶어죽게 되었다. 그런데 노인 한 명이 나타나 대나무가 불에 잘 탄다는 사실을 가르쳐 주었다. 드디어, 신 덕분에 비도 그치고 작물도 생겨났다. 이 때 처음 태양 빛이 비친 곳이 바로 '데단도구루(太陽所)'이다. 〈야에야마 요나구니지마(與那國島)〉

· 오 키 나 와 옛 이 야 기

* 옛날, 요나구니지마에 석 달이나 비가 계속 쏟아져 먹을 것이 하나도 없게 되고 말았다. 사람들은 다시 태양이 내리쬘 날만 기다리고 있었다. 어느 날, 한 아이가 우물 속을 들여다보니 그 곳에 태양의 그림자가 어려 있었다. 마을 사람들은 그 태양의 그림자를 배향했다. 그 후, 그곳을 디단도구루라고 하였다.

〈야에야마 요나구니지마 소나이(租納)〉

나가마스니

　옛날 요나구니지마 섬에 큰 쓰나미가 밀려와서, 사람도 가축도 모두 죽어버렸다.

　그런데, 신기하게도 한 모자(母子)와 남자아이 하나가 살아남았다. 그 어머니는 밀려드는 파도 속에서 자기 아들과 오빠의 자식을 안고, 신의 구원을 기원했다. 그 사이, 세 사람은 '나가마스니'라는 언덕에 이르렀다. 이곳은 섬의 한가운데로, 동서로 덮쳐오는 파도가 만나는 곳이었다.

　그러나 곧 그 언덕도 위험해져서, 어머니는 결국 아이 한 명을 포기해야 했다. 두 명의 아이 중 어느 쪽을 버려야 할까? 자신이 낳은 아이일까, 자기 집안의 피를 이어받은 아이일까? 결국 어머니는 혈연을 지키는 길을 선택, 자신이 낳은 아이의 손을 놓아버렸다. 얄궂게도, 곧 큰 파도는 잔잔해져서 어머니와 조카는 목숨을 구했다. 그 자손들로 인해 섬은 다시금 번영했다.

〈야에야마 요나구니지마〉

야에야마의 창세신화

하테루마의 창세

옛날 하테루마(波照間)의 인간은 소나 말 같은 동물과 같았다. 원숭이처럼 온몸에 털이 가득하고, 마음씀이 고약하고, 인간의 도덕심 따위는 없는 원시인 같았다고 한다. 그 대신 번식력은 강해서, 섬은 그런 인간으로 가득 찼다.

그러자 신은 이래서는 안 된다고 하시고, 기름비를 내려 섬사람을 모두 죽여야겠다고 하셨다. 그런데 그런 사람들 중에서도 매우 착한 남녀 두 사람이 있었다. 신은 이 둘을 솥으로 덮어, 기름비 속에서도 둘이 살아남게 했다.

이 둘이 점점 자라 자연히 남녀를 알게 되었는데, 어떻게 하면 자식이 생길까 하여 온갖 구멍을 가지고 장난처럼 한 끝에 드디어 여성의 아래에 구멍이 있는 것을 알고 자식이 생기게 되었다.

두 사람은 처음에는 해안 가 바위 밑 '미슈쿠'라는 용천(湧泉)에서 아이를 낳았는데, 맹독을 가진 물고기였다. 안 되겠다 싶어 다음에는 밭 옆에 돌을 쌓고 한쪽 지붕만 있는 집을 지었다.

"비만 막을 수 있다면 그걸로 됐어."

한쪽 지붕만 있는 집을 지어 아이를 낳았는데, 여기서 태어난 아이가 이번에는 지네였다.

"하느님, 인간이 태어나도록 해 주세요."

두 사람은 울면서 신께 빌었다. 그 때, 가을 밤 맑은 하늘에 별 네 개가 사방 형태로 있는 것을 보고 문득 깨닫는 바가 있어 고개를 끄덕였다.

"이렇게 사각집을 지어야 인간이 태어나는 거야!"

이번에는 사각집을 짓고, 띠를 베어 사각 형태의 지붕을 얹었었다. 여기에서 비로소 인간 아이가 태어났는데, 모두 세 명의 아들이었다. 두 사람은 현재 마을 밖 호타모리가(保多盛家)가 있는 곳으로 옮겨서 정남향으로 사각집을 지어 생활했다. 세 아들을 여기저기에 나눠 살게 해서 하테루마 마을이 번영했다고 한다.

〈야에야마 하테루마지마〉

* 옛날, 이 섬(하테루마지마)에는 많은 사람들이 평온하게 살아가고 있었다. 그런데 어느 날, 돌연 기름비가 쏟아져 살아있는 것들은 모두 사멸해 버리고 말았다. 그러나 두 사람의 오누이만은 미시쿠누가마 동굴에 숨어 그 재난을 피해 살아남았다.

두 사람은 그 동굴에서 살다가 성인이 되자 부부가 되었다. 그러나 처음에 낳은 자식은 '포즈'라는 물고기였다. 두 사람은 집터가 좋지 않다고 여겨 미시쿠 동굴 위쪽으로 옮겨 살았다. 그랬더니 이번에는 독사와 같은 아이가 태어났다. 그래서 이번에는 더욱 위쪽인 야구에 작은 집을 짓고 우물을 파서 살다가 현재 호타모리가(保多盛家)가 있는 곳으로 이동하여 처음으로 인간을 낳았다. 이 아이를 하테루마 사람들은 아라마리누파(新生ぬパー)라고 부르며 모시고 있다. 이렇게 해서 하테루마지마 섬은 다시 태어났다고 한다.

〈야에야마 하테루마지마〉

·
야
에
야
마
의
창
세
신
화

5

대지의 응고

우타하나리의 기원

중산(中山)[1]의 슈리(首里)[2]라는 곳에서 쇼하시[3]와 마지루라는
부부가 하얀 백로가 되어 하늘에서 내려왔다. 그들이 내려선 곳은
'우타하나리'라는 곳이다. 한 발을 내려놓자 그 발자국 모양대로
돌이 생기고, 두 발을 내려놓자 그 발자국 모양대로 돌이 생겼다.
이것이 점점 커져 이타비시(板干瀨)[4]가 되었다. 우타하나리라는
이타비시는 이렇게 생겨났다.

공깃돌처럼 자그마한 돌이 커다란 바위가 될 때까지
영원히 번영하소서 우리들의 임금님

---

1) 류큐 왕조를 가리킴.
2) 류큐 왕조의 수도.
3) 류큐 제1 상왕조(尚王朝)의 시조.
4) 열대 및 아열대 산호초 해안에서 발견되는, 평평한 모양의 돌덩이들이 포개져 있
   는 판상 지형을 가리키는 오키나와 말. 비치 록(Beach Rock). 오키나와 본도 북
   부 기조카(喜如嘉) 이타시키(板敷) 해안의 이타비시가 유명하다.

위 노래는 이런 유래가 있는 것이다. 〈오키나와 이제나지마〉

토지 응고 시험

땅이 굳었는지를 알아보기 위해, 신이 새를 내려 보냈다. 새가 두 발을 다 내리면 진흙에 빠져버릴 것이기에 신은 새에게 다음과 같이 말했다.

"너는 그곳에 가 한 쪽 발만 디디거라."

새를 내려 보낸 신이 보고 있자니, 한 발을 내디딘 새가 진흙에 가라앉지 않고 그대로 서 있었다. 토지는 이미 굳어 있었던 것이다. 지금도 가끔 새가 한 쪽 발로 서는 것은 이런 연유가 있어서이다.

또 봉래죽(蓬莱竹)도 땅이 굳었는지 알아보기 위해 시험 삼아 내려 보낸 것이다. 봉래죽을 내려 보낸 날은 4월 8일이었기 때문에, 지금도 4월 8일에 봉래죽을 심으면 던지듯이 해 놓기만 해도 잘 자란다. 〈아마미 오시마〉

『남도설화(南島說話)』의 창세 신화

『남도설화』는 사키마 코에이(佐喜眞興英:1893-1925)가 쓴 책으로
(佐喜眞興英,『南島說話』, 鄕土硏究社, 1922), 오키나와 기노완(宜野
灣) 지역의 설화 백 편이 수록되어 있다. 오키나와 민속학 초창기의
구비 설화집으로서, 오키나와 구비 설화집의 고전이라고 할 수 있다.
기노완에서 태어난 사키마 코에이가 어렸을 때부터 할머니와 아버지에
게서 들었던 이야기를 비롯, 많은 사람들로부터 직접 들은 이야기가
정리되어 있다.

사키마 코에이는『남도설화』의 본문 첫머리에 '세상의 기원(世のは
じまり)'라는 제목 하에 창세 신화 몇 편을 수록하고 있다. 1900년대
초반에 채록된 오키나와 창세 신화는 어떤 모습이었을까? 그 신화의
이야기 밭으로 잠시 들어가 보자.

1. 아만추의 발자국

오랜 옛날, 천지(天地)는 하나로 붙어 있어서 당시 인간들은 개구리
처럼 기어다녔다. 아만추-고류큐(古琉球) 개벽(開闢)의 신. 오모로(オ
モロ) 신가(神歌) 등에는 '아마미쿄(アマミキョ)'라고 적혀 있다-는 이
것을 불편하다고 여겨, 하루는 단단한 바위가 있는 곳에 가 바위를 발
판으로 하여 양손으로 하늘을 밀며 일어섰다. 이때부터 천지는 멀리
떨어지게 되었고 인간은 서서 걸을 수 있게 되었다. 그가 이 위업을
행했을 때 서 있던 바위에는 그의 발자국이 남아 있다. 지금 이곳저곳
의 커다란 발자국은 바로 아만추의 발자국이다.

2. 해와 달을 멜대에

옛날, 천신(天神)이 해와 달을 멜대에 지고 여기저기를 걸어다녔다. 그런데 어떤 일인지 멜대가 부러져서 해와 달은 저 멀리로 떨어져 버렸다. 천신은 슬퍼서 눈물을 흘리며 울었다. 이 눈물이 폭포처럼 쏟아져서, 마침내 '나다가(淚川)-구니가미군(國頭郡) 모토부(本部)에 있는-'라는 하천이 되어 흘렀다.

3. 구바(クバ) 잎 세상(クバの葉世, クバのファユウ)

세상이 처음 시작될 때 류큐에는 옷이 없었다. 모두 구바 잎(Livistona chineusis)으로 만든 도롱이 같은 것을 허리에 둘렀다. '나나히쟈(七重襲) 하카마(袴)'라는 옷은 이 구바 잎으로 만든 옷(화진, ファジン)을 본떠 만든 것이다. 류큐에서는 어린아이의 이름을 지을 때 이름을 지어지는 할머니가 나나히쟈 하카마를 머리에 올리고 태어난 아이의 건강을 기원하는데, 이것은 세상이 시작되던 구바 잎 세상을 기리는 의미가 있다.

4. 뿔 난 사람들의 세상

태고 류큐에는 '쓰누미이야유(ツヌミイヤユウ; 뿔 난 사람들의 세상)'라는 시대가 있었다. 당시 사람들은 모두 뿔이 나 있었다.

5. 천손씨 이야기

우화가리지마(大東島) 섬에 있는 나라에 여대신(大女神)이 있었다. 어느 날 밤, 꿈에 용을 보고 회임하여 한 아이를 얻었다. 이를 '시루쿠, 쿠루쿠'라고 한다. 이 사람이 다마구스쿠 마기리의 '야하라, 즈이카사'라는 치챠시(チチャシ)- 일종의 석신(石神)- 가까이에서 '시루미쿠,

아마미쿠'라고 하는 아이를 얻었다. 이 시루미쿠, 아마미쿠는 각지에 샘을 발견하고, 또 '우킨주, 하인주'라는 곳에서 쌀 재배를 시작하여 사람들에게 가르쳤다. 그런 다음, 그는 그 곳을 떠나 사시키(佐敷) 마기리(間切)로 향했다. 도중에 나칸다카리(仲村渠) 히가와(樋川)에서 물을 마셔 목을 축인 후, 신자토(新里) '다쿠가야마'라는 동굴에 들어가 자손을 낳았다. 그 동굴 가까이에 '후스미이우카', '덴부즈우카'라는 두 샘이 있는데, 그는 거기에 아이의 탯줄을 잘라 묻었다. 그 아이를 '딘타이시'라고 한다. 이 때까지는 오누이 두 사람씩 낳아 그 사이에서 아이가 생겼던 것인데, 딘타이시의 아들 '딘테이시' 이후부터는 많은 아이가 태어났다. 그 장남이 곧 천손씨(天孫氏), 차남은 선북산(先北山)의 시조이다.

6. 다섯 신과 일곱 형제 이야기

세상이 처음 시작될 때 다섯 신이 있었다. 하나는 왕신(王神), 둘은 국토신(國土神), 셋은 목신(木神), 넷은 결연신(結び神), 다섯은 마쓰리신(祭神)이었다. 그런데 왕에게는 일곱 명의 아들(나난초-데, 칠인 형제)이 있었다. 나난초데 이전은 완전히 무지몽매해서 나뭇잎으로 만든 옷을 입고 있었다고 한다.

7. 고우리지마(古宇利島) 이야기

최초의 사람 오누이가 이 나라에 내려와, 해안에서 조개를 주워먹으며 살고 있었다. 그들은 어느 날 바닷새가 와서 그 머리와 꼬리를 흔드는 것을 보고 교미하는 방법을 알게 되었다. 그곳은 지금의 나키진(今歸仁) 마을 고우리지마(戀の島)였다.

8. 메뚜기에게 교미하는 방법을 배운 이야기

최초의 사람 오누이가 이 나라에 내려와, 푸른 잔디밭 위에서 햇볕을 쬐고 있었다. 그곳에 메뚜기 한 쌍이 날아와 등을 합쳤다. 누이가 이것을 보고 오라비를 불러 말했다.

"저걸 한번 보렴. 우리도 저렇게 해 보자."

아우는 응낙하고 그대로 했다. 그때부터 인간계에 교미하는 방법이 시작되었다.

『남도설화』의 장세 신화

6

지형의 형성

섬 이동

고래 소나무[鯨松]

옛날 나제가치(名瀨勝)의 콘피라 신사(神社)에는 남신이, 고미나토(小湊) 이치키시마 신사에는 여신이 있었다.

어느 날, 바다 저편에서 소나무를 등에 진 돌고래가 물가 쪽으로 헤엄쳐 왔다. 두 신은 서로 자기 쪽으로 고래를 인도하려고 열심이었다. 그런데 돌고래는 점점 여신 쪽으로 다가갔다. 그것을 본 남신은 한 가지 꾀를 냈다. 남신은 여신에게 머리카락이며 허리끈이 헝클어져서 보기 흉하게 되었다고 말했다. 여신이 황급히 헝클어진 것을 바로 하는 사이, 남신은 돌고래를 자신이 있는 곳으로 끌어들이는 데 성공했다. 그러나 돌고래는 남신이 서 있던 돌 밑에 끼어 그만 죽어버리고 말았다. 그 후, 정월이 되면 새끼 돌고래가 그 바위 옆에 와서 울었다고 한다.

〈아마미 오시마 나제(名瀨) 고미나토〉

여인이 멈춘 섬

기카이지마 섬 데쿠즈쿠(手久津久)라는 마을에 사는 한 여인이 바닷가에서 빨래를 하고 있었다. 그런데 바다 한가운데서 작은 섬이 떠오는 것이 보였다. 여인은 깜짝 놀라 빨래하고 있던 붉은 허리띠를 흔들었다. 그러자 섬은 그 자리에 멈추었다. 기카이지마 섬은 바깥에서 섬을 향해 파도가 치는데, 이곳 데쿠즈쿠만은 그 반대로 안쪽에서 바깥을 향해 파도가 친다. 그 섬이 그 자리에 있기 때문이다. 〈아마미 기카이지마〉

* 세츠코(節子)의 바다 한가운데에 있는 다마타디루(二叉巖)는 옛날에는 기카이지마에 있던 것인데, 서쪽을 향해 흘러가고 있던 것을 규라유키다리라는 미인신(美人神)이 부채로 맞이하여 그곳에 멈추게 된 것이다. 〈아마미 오시마 세토우치 세츠코〉

떠내려온 섬을 놓친 여신의 딸

미야코(宮古) 도모리(友利) 우이뺘(上比屋)의 신에게는 딸이 있었다. 딸이 베틀을 걸어 옷감을 짜는데, 헤나자키(平安名崎)에서 섬이 떠내려 왔다. 어머니는 딸에게 빨리 섬을 붙들라고 말했다. 그러나 딸이 한 번만 더, 한 번만 더 옷감을 짜고 나서 해야지 하는 사이에 그만 섬은 지금의 구리마지마 섬이 있는 곳으로 떠내려 가 멈춰 버렸다. 어머니는 딸에게 말했다.

"너는 어미의 말을 듣지 않으니, 이 섬사람들이 너를 받들지 못하게 하겠다."

그래서 그 딸은 아라다케 사람들만 믿고, 도모리 사람들은 믿지
않게 되었다고 한다.[5] 〈미야코 미야코지마 구스쿠베(城邊) 도모리〉

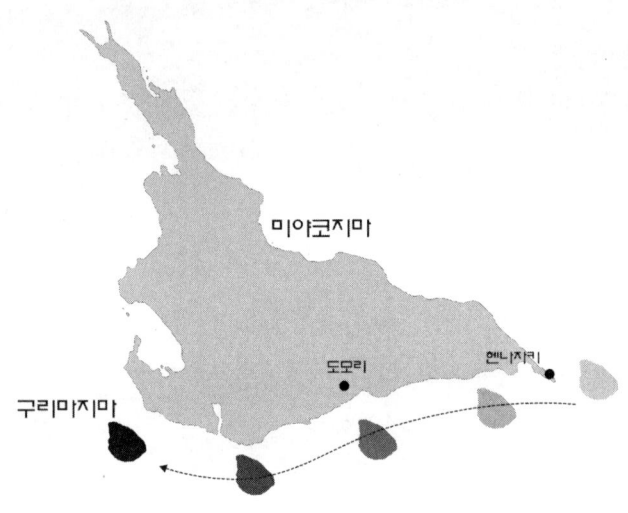

헨나자키에서 떠내려 온 구리마지마

가라앉은 섬

옛날 요나구니지마에 사는 어떤 여인이 이모[6] 캐기를 끝내고

---

5) 아라다케는 도모리(友利)에 인접해 있는 우루카(스나가와, 砂川)를 가리킨다. 도
   모리와 우루카는 바로 인접해 있는 마을이면서도 마을 공동 의례를 달리 지내는
   별개의 생활권이다. 그러나, 우이빠 우타키를 중심으로 하는 '나빠이(ナーパイ)'
   라는 의례는 두 마을이 함께 지내기도 한다. 나빠이 의례의 기원은 〈용궁녀가 전
   해준 오곡〉 항목을 볼 것.
6) 고구마, 감자, 마 따위의 총칭.

집으로 돌아오는 길에, 섬 북쪽 망망대해를 떠다니는 섬을 발견했다. 여인이 그 사실을 알려 마을 사람들이 서둘러 오자, 섬은 그만 바닷속에 가라앉고 말았다. 모두들 그 근처에 가서 보니, 섬이 가라앉은 자취가 있었다. 마을 사람들은 그곳을 '떠내려 온 섬'이라고 불렀다.

〈야에야마 요나구니지마 소나이〉

산 이동과 형성

나카다케의 유래

다케토미지마의 별칭은 나카다케(仲嶽)인데, 그 유래는 이렇다.

옛날 다케토미지마에는 나카다케라는 산이 있었다. 나카다케는 높은 산이었기 때문에 그곳에서 물이 흘러 골 풀밭도 경작할 수 있을 정도였다.

그런데 그 논을 경작하는 사내는 전혀 신을 믿지 않는 난폭한 사람이었다. 누이가 걱정하며 타일렀다.

"오빠는 신 덕분에 벼농사도 짓고 밥을 먹고 살면서, 어째서 신을 믿지 않는 기죠? 햅쌀마저 신에게 바치지 않는 건 너무해요."

그러나 오라비는 들은 척도 하지 않았다.

이런 태도에 노여워진 신은 이 녀석에게 밭을 지어먹게 한들 전혀 쓸 데가 없다고 생각해서, '이비라'라는 농기구로 나카다케를 뽑아 던져버렸다. 그 던져버린 나카다케가 지금 고하마지마에 있는 오다케(大嶽)라는 산이다.

나카다케라는 곳이 다케토미에 없음에도 불구하고 노래나 옛날 이야기 등에 다케토미와 같은 뜻의 대구(對句)로 나카다케라는 말이 쓰이는 것은 이 때문이다.　　　　〈야에야마 다케토미지마〉

* 옛날 다케토미지마 섬에는 '나카다케'라는 산이 있었다. 그 산에서 흘러내리는 물 덕분에, 좋은 논도 있었다. 간즈카사(가미즈카사, 神司)[7]였던 여동생이 그 논을 경작하던 농부 오라비에게 말했다.

"산신의 음덕으로 농사를 지을 수 있는 것이니, 첫 이삭을 신께 바칩시다."

그러나 욕심 많은 오라비는 가장 안 좋은 거친 쌀을 신에게 바쳤다. 신은 화가 나서 나카다케를 이웃 섬인 고하마지마(小浜島)에 던져 버리라고 명했다. 이것이 고하마지마의 오다케(大嵩)가 되었다.

그 후, 다케토미지마에는 벼를 키울 수 없게 되었다. 산이 사라져서 논도 없어졌기 때문이다. 예전에 논이었던 곳에는 다다미의 재료가 되는 '사라'라는 풀이 자라났다.　　　〈야에야마 다케토미지마〉

* 옛날 다케토미지마의 한가운데에는 '나카다케'라는 멋진 산이 있었는데, 그 산 덕분에 물이 아주 풍부했다. 그 물을 끌어다 논을 만든 부나루간이라는 누나와 비루간이라는 남동생이 있었다. 신심(信心)이 깊었던 누나는 벼베기를 시작하는 날 벼이삭을

7) 마을 사제를 가리키는 미야코 어휘. 쓰카사. 오키나와의 '노로'에 해당.

나카다케의 신에게 바치자고 했지만, 동생은 누이의 말에 귀를 기울이지 않았다. 이를 본 나카다케의 신은 매우 화가 나서 하늘을 날아 고하마지마에 내려섰다. 이것이 오늘날 고하마지마의 오다케이다. 덕분에 고하마지마는 벼농사가 잘되게 되었고, 다케토미지마는 '사라'라는 풀만 가득 생겨났다고 한다. 다케토미지마에는 그 동생이 경작하던 논의 흔적이 지금도 남아 있다. '사라 밭(サーラ田)'이 바로 그것이다.　　　　　　　　〈야에야마 고하마지마〉

☙ 참고 ☙

다케토미지마와 고하마지마의 벼농사

다케토미지마에는 논이 없다. 높은 산이 없어 논에 댈 물이 흐르지 않기 때문이라고 한다. 그래서 다케토미지마 사람들은 벼농사를 위해 다른 섬의 농지를 이용했다고 한다. 벼농사가 가능한 섬을 '높은 섬', 물을 가두지 못해 벼농사를 할 수 없는 섬을 '낮은 섬'이라고 하는데, 다케토미지마는 이른바 '낮은 섬'이다. 위 설화는 다케토미지마가 낮은 섬이 된 연유를 설명하고 있다.

거한[大男]이 만든 지형

* '고비론메'라는 힘이 센 거한이 바위 두 개를 멜대 양쪽에 지다가 그만 떨어뜨렸다. 그래서 생겨난 것이 사키타케잔과 아토타케잔이라는 다치간(立神)[8]이다.　　　　　　　　〈아마미 오시마〉

* 옛날, 하늘에서 힘이 센 거한이 숲 두 개를 지고 와서 내려놓았다. 좌측의 하나는 지금도 있지만, 우측의 다른 하나는 미군(美軍)이 기지 건설을 위해 정지(整地)할 때[9] 전부 무너뜨려 논을 메웠다.

〈오키나와 구니가미(國頭)〉

* 옛날, 한 거한이 거대한 삽으로 요나하(與那覇) 산을 무너뜨리고는 커다란 삼태기로 그 산의 바위와 흙을 바다로 옮겼다. 이렇게 해서 바다에는 작은 산들이 이어졌다. 그런데 백 번째로 옮길 때 거한이 지고 있던 멜대가 두 개로 부러져 버렸다. 거한은 하던 일을 멈추었다. 그 삼태기에서 떨어진 흙이 지금 작은 산들로 남아 있다.

〈오키나와 오기미〉

* 아라구스쿠(新城)에서 후쿠자토(福里)로 가는 길에 모습이 똑닮은 산이 둘 있다. 사람들은 이 산을 '가슴 산'이라고 부른다.

옛날, 아라구스쿠 마을에 '디다'라는 힘 센 거한이 살고 있었다. 어느 날, 디다는 멜대로 흙을 옮기다가 길 한가운데에 있는 바위에

74
· 오키나와 옛이야기

---

8) 섬을 고정시키는 역할을 한다고 하는 바위 절벽. 〈아마미 오시마 다츠고 아키나의 창세〉 항목 참조.

9) 1945년의 오키나와 지상전(地上戰) 이후 미군(美軍)이 주둔하는 군정(軍政)이 시작된 후, 1972년까지 오키나와는 미국의 지배 아래 놓여 있었다. 이 시기 미국은 오키나와를 미군의 북태평양 전진기지로 삼았기 때문에, 미군 기지의 건설이 여러 곳에서 이루어졌다. 이 과정에서 무리한 토지 수용이 여러 문제를 일으키기도 하였다. 오키나와가 다시 일본의 오키나와현이 되던 1972년에는 미군기지가 차지하는 면적이 오키나와 섬 면적의 22%를 상회하였다고 하며, 그 이후에도 일본의 미군기지가 오키나와로 이동되는 등 그 면적이 더 확대되었다. 현재 일본의 미군기지 중 75% 이상이 오키나와에 집중되어 있다.

걸려 구르고 말았다. 그 바람에 옮기고 있던 흙이 그만 쏟아지고 말았다. 산처럼 쌓인 흙에 나무가 무성하게 자라나, 각각 서쪽 숲, 동쪽 숲이라고 불리게 되었다. 지금의 가슴 산이 바로 그것이다.

〈미야코 미야코지마 구스쿠베〉

* 아주 오랜 옛날, 한 거한이 세소코지마(瀨底島) 섬과 민나지마(水納島) 섬을 멜대 양끝에 끼우고서는 일어서려고 했다. 민나지마는 괜찮았지만, 세소코지마는 동쪽이 기울어져 마실 물이 새어나가 버렸다. 민나지마의 용천수는 원래부터 없었지만 세소코지마는 이 때문에 용천수가 없는 것이라고 한다. 〈오키나와 모토부(本部)〉

오키나와 모토부의 세소코지마와 민나지마

7

거인 아만추

아만추의 천지분리

옛날에는 하늘과 땅이 떨어져 있지 않고 거의 붙어 있었다. 그래서 사람들은 기어다닐 수밖에 없었다. 먹을 것을 구하려면 일어나서 걸어 다녀야 하므로 하늘과 땅이 붙어 있다는 것은 곤란한 상황이었다.

그런데 어디서 내려왔는지는 모르나 아만추라는 이가 와서 나하(那覇)의 유치노사치라는 곳에 서서 '이얍!'하고 하늘을 들어올렸다.

이때부터 사람들은 서서 걸을 수도, 먹을 것을 구할 수도 있게 되었다. 그 사람의 발자국은 유치사키에 아직도 있다.

〈오키나와 구시가와(具志川)〉

아만추의 발자국

기노자(宜野座)의 산에는 아만추의 발자국이 있다. 한 쪽 발은 기노자의 산에, 한 쪽 발은 모토부(本部)의 산에 있다고 한다. 이런 이야기도 있다. 기노자의 한 쪽 발자국은 산꼭대기에 있었는데, 그 산꼭대기는 다른 곳과 달리 뾰족하지 않고 평평했다. 그 발자국에는 한 달 동안 햇볕이 계속 내리쬐어도 물이 고여 있었다. 어렸을 때 소풍을 가면 그 발자국에 고인 물을 마셨는데, 배탈이 나는 일은 전혀 없었다. 그 발자국이 곧 아만추의 발자국이다.

〈오키나와 기노자〉

아만추의 죽음 1

옛날, 아만추라는 거인이 있었다. 태풍의 해일 피해로부터 마을을 지키기 위해 해안에서 자라던 커다란 소나무를 뿌리째 뽑아 가로로 눕히는 한편 많은 모래를 쌓아 방조용(防潮用)으로 삼았다. 그 때 뽑았던 소나무 뿌리와 모래 산의 흔적은 지금까지도 남아 있다. 한편 이렇게 일하고 난 끝에 그만 지쳐버리고 만 아만추는 그 자리에 쓰러져 죽고 말았다. 지금 '아만추 소-키(아만추 늑골)'라고 하는 곳은 죽은 아만추의 늑골 자국인데, 아만추의 발자국이라고 하는 곳도 근처에 남아 있다.

〈오키나와 난조(南城) 다마구스쿠 시켄바루(志堅原)〉

아만추의 죽음 2

옛날, 아구니지마(粟國島) 섬에 아만추라는 거인이 왔다. 남해안 절벽에는 그가 앉아서 그렸다는 커다란 부채 그림이 있다. 아만추는 도나키지마(渡名喜島) 섬 가까이에 있는 무인도를 끌어당기려고 하다가 발을 헛디뎌 바다에 빠져 죽었다고 한다.

〈오키나와 아구니지마〉

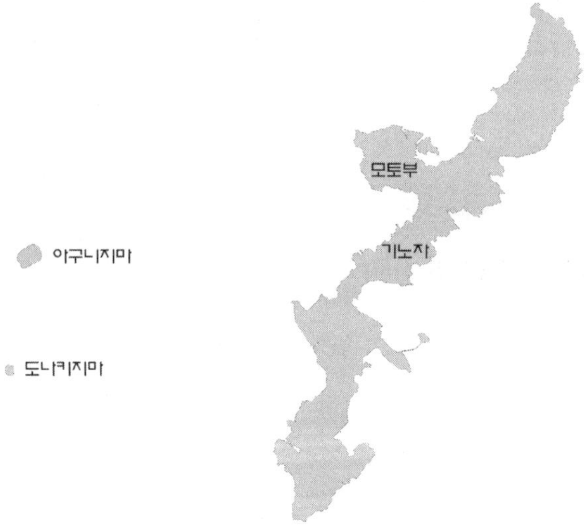

거인 아만추 설화 관련지

참고

아만추와 아마미쿠

『오키나와 고어(古語) 대사전』(沖縄古語大辭典編輯委員會 編, 角川

書店, 1995)은 '아마미쿠(あまみこ[あまみ子]アマミク)' 항목에서 아마미쿠의 다른 이름들 중의 하나로 '아만추'를 들고 있다. 아마미쿠(아마미쿄, 아마미키요)는 류큐 왕조의 창세 신화에서 오키나와의 섬들과 우타키를 만들었다고 하는 창세신인데, 민간의 구비 설화에서도 종종 등장한다.

특히 오키나와 남부 지넨, 다마구스쿠 일대는 아마미쿠 관련 유적지가 집중되어 있다. 이곳의 유적들은 류큐의 왕조 의례와도 밀접한 관련이 있는 장소들이어서, 민간 신화와 왕권 신화의 상관관계를 짐작할 수 있게 한다.

◀ ▲ 야하라즈카사. 아마미쿠가 바다 저편에서 건너와(혹은 하늘에서 내려와) 첫 발걸음을 내디딘 곳이다. 물이 빠지면 표석(標石) 아래의 네모난 바위가 드러나는데 이것이 야하라즈카사이다. 오키나와 민간에서 믿어지는 바다 저편의 세계 '니라이 카나이', 혹은 아마미쿠가 건너왔다는 '우후아가리지마(大東島)'의 요배소(遙拜所)라고들 한다.

·
거
인
아
만
추

야하라즈카사를 등지고 바라본 숲. 숲길을 따라 올라가면 하마가와 우타키가 있다.

하마가와 우타키. 아마미쿠가 이 곳의 맑은 물로 여행의 피로를 풀었다는 이야기가 전해진다.

다마구스쿠 구스쿠의 성곽 입구. 아마미쿠가 지어 그 후손이 살았다고 전해지는 구스쿠
이다. 안으로 들어가면 아마미쿠가 만들었다는 아마츠즈 우타키가 있다.

8

남매혼과 마을 시조

오나리(누이)와 이케리(오라비)

옛날, 하늘의 신이 일곱 명의 형제자매를 지상에 보내 마을을 만들고 나라를 만들라고 하였다. 그 중 오라비 한 명과 누이 한 명은 부부가 되어 마을 만들기를 시작했다.

부부는 오두막을 만들고 개간을 해서 한 곳에 정착하게 되었다. 그러나 부부는 아직 부부의 교합에 대해서는 아무것도 몰랐고, 그래서 아이를 낳는 방법도 모르고 있었다.

언제나처럼 열심히 일하던 두 사람은 물을 마시러 가까운 샘에 갔다가, 두 마리의 소디모리[1]가 교미하고 있는 것을 보았다. 소디모리마저 교미해서 자식을 낳을 수 있다면, 우리도 저렇게 해서 아이를 낳을 수 있지 않을까 생각한 남매는 비로소 제대로 된 부부가 되었다. 드디어 자식이 생겨났으니, 이것이 마을 선조의 시작이라 한다.

〈아마미 오시마 세토우치〉

---

1) 이모리. 도롱뇽과 비슷한 동물.

나가하마의 기원

나가하마(長浜)의 기원은 북산(北山)의 아지(按司)[2] 중의 한 명이었던 카나마쓰(金松)라는 사람이 나가하마에 온 것에서 비롯된다. 차남(次男)이었던 그 분이 왜 여기에 왔는고 하니, 당시 북산은 전란 중이었기 때문에 전쟁에 휩쓸려 목숨을 잃느니 자신은 남쪽에 내려가 평생을 보내자고 생각한 것이었다. 훔친 배를 타고 온 듯하다.

잔파미사키(殘波岬)에 닿은 그는 목이 말랐다.

"물이 있다면 살 수 있겠습니다."

이렇게 빌자, 바위 사이에서 샘이 솟아나왔다. 이것이 '우무이노카(생각의 샘)'라 불리는 샘이다. 샘이 솟아올라 기뻐하던 그는 나가하마의 해변이 바라보이는 그곳에 살기로 마음을 정했다. 나가하마의 이름은 그가 붙인 것이다. 그는 '소치'라는 곳의 동굴에 살면서 조개를 먹거나 산에 가서 과일을 따 먹거나 하면서 생활했다.

요미탄의 나가하마

---

2) 지역의 지배자. 통일 류큐 왕국이 정립하기까지, 오키나와 전역에는 여러 아지들이 할거하고 있었다.

그에게는 우토치루라는 누이가 있었다. 여자인데도 호방한 사람이었던 듯, 사바니[3]도 머리에 이고 다녔다고 한다. 누이는 오라비가 전쟁에 쫓겨 남쪽으로 가자, 도중에 조난당하지는 않았는지 걱정이 되어 저 머나먼 나키진에서 해안을 따라 오라비를 찾으러 왔다. 요쿠타카네히쿠(與久田兼久)의 구지하마라는 해변에 이르렀는데, 사람 발자국이 많이 찍혀 있는 것이 보였다.

"사람이 사는 기척은 없는데 발자국이 있네. 혹시 오빠가 여기 있는 걸까?"

계속 가다 보니 어느덧 소치 동굴에 도착했다. 그곳에도 발자국이 많이 찍혀 있었다. 혹시 적들이 내려온 것은 아닌지 놀라서 잘 살펴보니, 한 사람의 발자국이 들락날락해서 많아 보이는 거였다. 오라비는 우토치루의 기척을 듣고 적이 온 것인가 싶어 동굴 안에 숨어 있었다.

"오빠, 저예요. 우토치루예요."

"우토치루라니, 어찌 된 일이냐?"

"오빠가 배를 타고 가서 조난당하지나 않았을까 걱정이 되어서요. 오빠를 찾으러 여기까지 왔습니다."

"전쟁은 어찌 되었느냐?"

"전쟁은 지금도 계속되고 있습니다."

"음, 그렇다면 돌아갈 수 없다. 우리 둘이 여기서 살지 않으련?"

이렇게 해서 남매가 소치 동굴에서 살게 되었다.

"이곳은 좀 좁으니 안 되겠다."

---

3) 길쭉한 모양의 오키나와 전통 배.

그래서 남매는 우가치(宇加地) 위쪽에 있는 언덕에 올라가 보았다.

"이곳은 훌륭한 구스쿠[4]다!"

소치는 좁아서 좀 더 긴 곳으로 옮기려고 나가하마[5]로 온 것이다. 여기에는 오누이의 묘가 남아 있는데, 나키진을 향하고 있다.

〈오키나와 요미탄 나가하마〉

이헤야의 기원

상고 시대의 난세에, 이헤야(伊平屋)의 다나(田名) 마을에도 적군이 상륙했다. 주민들은 동굴로 피난했지만, 한 남매만이 미처 피하지 못하고 마을 동쪽 배수구에 숨어 있었다. 적에게 잡힌 남매가 마을 주민들이 어디에 숨었는지 말하는 바람에 동굴에 숨어 있던 주민들은 모두 살해당했지만, 두 사람은 목숨을 건지고 곧 부부가 되어 다시금 마을을 번창시켰다고 한다.

〈오키나와 이헤야지마 다나〉

* 다나의 이나라는 곳에 돌다리가 있다. 전쟁이 나자, 그 돌다리 아래에 남매가 숨었다. 전쟁이 끝난 후, 살아남은 두 사람은 결혼했다고 한다.

〈오키나와 이헤야지마 다나〉

---

4) 아지들의 근거지가 되었던 성곽 또는 그 성 안을 가리킴.
5) 긴 해변이라는 뜻.

구리마의 시조

옛날 미야코 본도(本島)는 병란이 거듭되어 살기가 힘들었다. 그러자 미야코 카와미츠(川滿) 마을의 구치야키, 데다마츠 남매는 전란을 피해 구리마지마(來間島) 섬으로 건너왔다. 먼저 오라비인 구치야키가 섬에 도착해 연기를 피워올렸다. 누이인 데다마츠는 연기가 솟아오르는 것을 보고 인가가 있다는 사실을 알고 헤엄쳐서 섬에 도착했다. 가서 보니 오라비가 이미 그 곳에 있었다. 두 사람은 부부가 되어 도민 번창의 기초를 닦았다고 한다.

두 사람은 먹을 물을 찾아 섬 여기저기를 다니다가 한 마리 새가 깃털을 적신 채 날아오르는 것을 보고 부근에 물이 있음을 알았다. 그렇게 해서 구리마이(來間井) 샘을 발견했다고 한다.

〈미야코 구리마지마〉

1. 구리마이 샘 / 2. 구리마이 백단(百段). 구리마이 샘과 마을을 연결하는 길. 중간에 경사가 심한 길이 이어진다.

다라마의 재건

아주 오랜 옛날, '부나제'라는 남매가 있었다. 어느 날 남매가 밭에 나가 일을 하고 있는데, 남쪽에서 돌연 커다란 파도가 덮쳐 왔다. 두 사람은 서둘러 언덕 위로 도망쳐 곤경에서 벗어났다.

주위를 살펴보니 집이며 마을은 파도에 휩쓸려가고, 살아남은 것은 남매 두 사람 뿐이었다. 남매는 부부의 연을 맺고 마을의 재건을 계획했다. 처음에 태어난 것은 뱀과 도마뱀이었고, 다음 에는 조개와 모시풀이 태어났다. 세 번째에는 인간이 태어나서, 섬은 점차 원래의 모습으로 회복되었다.

마을 서쪽에는 부나제 남매를 제사지내는 곳이 있는데, 마을을 연 신으로 숭앙되고 있다. 〈미야코 다라마지마(多良間島)〉

구로하마 우타키의 남매신

미야코 이라부지마(伊良部島) 섬에 있는 구로하마(黑浜) 우타키 의 유래이다.

옛날, 하늘의 신이 남매신을 지상으로 내려 보냈다.

"너희들 둘은 여기에 내려줄 테니 섬을 세우도록 해라."

명을 받은 남매는 지상으로 내려와 부부가 되었다. 남매에게 처음 생긴 자식은 '부후즈'라는 물고기-가시가 잔뜩 나서 인간에 게도 해를 입히는 물고기-였다.

"이런 게 생겼습니다."

남매가 하늘의 신에게 보고하자 신은 대답했다.

"그것은 바다의 동물이니 바다에 떨어뜨려라."

다음에 생긴 것은 '아바'라는 물고기-이것도 못 생긴 물고기-였다. 그 다음에는 장어가 생겼다.

"또 이런 게 생겼습니다."

"그것도 바다에 떨어뜨려라."

남매는 참 이상하다고 생각했다. 남매는 조금 더 조심해야겠다고 마음먹고, 결국에는 진짜 인간을 낳게 되었다.

"이번에는 참인간이 생겼습니다."

"이제 사람들이 퍼지게 되었으니, 소중히 키워서 섬을 만들라."

이렇게 해서 섬이 생겨났다.

〈미야코 이라부지마 사와다(佐和田)〉

고지마쿠라고 동굴의 남매

도쿠노시마 이센(伊仙)의 고지마(小島)에 고지마쿠라고(小島暗河)라는 종유동굴이 있다. 한 남매가 이 동굴에서 살고 있었는데, 두 사람은 많은 아이들을 낳고 고지마를 열었다고 한다.

〈아마미 도쿠노시마 이센 고지마〉

* 옛날, 어떤 오라비가 두 켤레의 신을 만들어서 좋은 것은 첩에게 주고 나쁜 것은 네가 신으라며 누이에게 주었다. 누이는 올

케의 것이 더 예뻐 보여 그것을 자기가 신었다. 어느 날, 오라비는
그것이 쿠라고 동굴 입구에 놓여 있는 것을 보았다. 오라비는 자
기 첩이 동굴 속에 있다고 오해하고는 동굴 속에서 자신의 누이와
자고 말았다. 누이는 그만 스스로 몸을 던져 죽어버렸다.

〈아마미 도쿠노시마〉

9

날개옷

옛날, 하늘에서 '아무리가-(天降子)'가 내려와 지리(チリ)라는 강에서 목욕을 하고 있었다. 이 때 지나가던 백성이 천인(天人)의 날개옷을 발견하여 몰래 감춰두고는 천인을 강제로 데려와 자기 아내로 삼았다.

두 사람 사이에는 어느새 세 명의 아이가 생겼다. 오라비가 일곱 살, 언니가 다섯 살, 동생이 세 살 되었을 때였다. 어느 날 맏이가 막내 동생을 업고 이런 노래를 불렀다.

울지 마라 슬퍼하지 마라
엄마의 날개옷은
여섯 기둥 창고[곡식 창고] 벼 밑
네 기둥 창고[곡식 창고] 벼 밑

그것을 들은 어머니는 남편이 숨겨둔 날개옷을 찾아 입고 맏이는 오른쪽 겨드랑이에, 둘째는 왼쪽 겨드랑이에, 막내는 앞에 품고 하늘로 날아올랐다.

그러나 막상 하늘에 올라가 보니, 옛날과는 완전히 달라져서 천인이 살던 곳은 사라지고 없었다. 천인은 별 수 없이 세 명의 아이들에게 직책을 주어 지상에 내려 보냈다. 그 후 맏이는 도키(점복자), 언니는 누루(노로: 여성 사제), 동생은 유타(무녀)의 시조가 되었다.

〈아마미 기카이지마〉

곡물 창고 다카구라(高倉)의 모습. 구(舊) 오키나와 현립 박물관 뜰에 전시되어 있던 다카구라로. 다카구라가 노후하여 부목을 대어 놓았다.

* 옛날, 도쿠노시마 가네쿠(兼久) 마을의 아가리신고(東シン川)
라는 강에서 한 천녀(天女)가 목욕을 하고 있었다. 한 남자가 그것
을 보고는 천녀의 날개옷을 숨겨버렸다. 하늘로 날아갈 수 없게
된 천녀는 어쩔 수 없이 그 남자의 아내가 되어 세 명의 아이를
낳았다.

어느 날, 양친이 집을 비운 사이 위로 두 아이가 막내를 재우며
노래를 불렀다.

"쌀 찧는 절구, 조 찧는 절구 밑, 날개옷을 가져다 줄 테니, 울지
말아라."

이 노래를 들은 천녀는 절구 밑에서 날개옷을 꺼내어 오른팔로
맏이를, 왼팔로 둘째를 껴안고 막내를 등에 업고 하늘로 올라가
버렸다. 그런데 너무나 무거워서, 막내는 지상에 떨어뜨리고 말
았다. 하늘에 올라간 천녀는 지상에 남겨진 아이를 위해 때마다
흰 쌀을 내려주었다. 그런데 어떤 사람이 그곳에서 속옷을 말렸기
때문에 부정을 타서 쌀은 더 이상 내려오지 않게 되었다.

지상에 남겨진 남자는 뜰에다 대나무를 심고, 자라난 대나무에
의지하여 아이와 함께 하늘로 올라갔다. 하늘에서 베틀로 옷감을
짜던 천녀는 남편과 아이를 받아들여, 가족 모두가 함께 살게 되
었다. 그러나 천녀의 양친은 딸의 남편에게 어려운 과제를 부과했
다. 처음에는, 산에 있는 나무를 모두 베어오라고 시켰다. 남자가
어찌해야 할지 몰라 근심하자, 천녀는 나무 한 그루를 벤 다음
쉬고 있으라고 했다. 남자가 그 말대로 하자, 산에 있던 나무가
전부 베어져 있었다. 다음 날, 천녀의 양친은 산을 모두 태우고

오라고 시켰다. 남자가 어쩔 줄 몰라 하자, 천녀는 바람이 불어오는 위에서 불을 붙이라고 일러 주었다. 그 말대로 하자 과연 산이 전부 불에 탔다. 다음 날에는 산을 모두 갈아 밭을 만들라고 시켰다. 남자가 다시 곤란해 하자, 천녀는 세 군데 정도 땅을 갈아두고 쉬고 있으라고 시켰다. 남자가 그 말대로 하자, 과연 산이 모두 밭이 되어 있었다.

다음 날, 천녀의 양친은 그 밭에 동과(冬瓜)를 심으라고 시켰다. 이 또한 천녀의 도움으로 해결하였다. 마지막으로 천녀의 양친은 동과를 따서 자르라고 하였다. 천녀가 동과를 가로로 자르라고 가르쳐 주었지만, 남자는 그것을 잊고 그만 세로로 잘라버렸다. 그러자 동과에서 홍수가 쏟아져 강을 이루었다. 남자는 그 물에 휩쓸려 떠내려가 지상으로 떨어지고 말았다.

〈아마미 도쿠노시마 아마기(天城) 가네쿠〉

* 메가루시(銘제子)라는 사람이 살았다. 어느 날, 메가루시는 강에 머리카락이 떠내려 오는 것을 보고 상류로 올라가 보았다. 그곳에서는 천녀(天女)가 목욕을 하고 있었다. 메가루시는 천녀의 날개옷을 감추었다. 날개옷이 없어 하늘로 돌아갈 수 없게 된 천녀는 할 수 없이 메가루시의 아내가 되어 2남 1녀를 낳았다. 아이들이 각각 일곱 살, 다섯 살, 세 살이 되었을 때, 일곱 살 맏이가 세 살 막내를 달래는 자장가를 불렀다. 자장가를 듣고 날개옷이 어디에 있는지 알게 된 천녀는 아이들을 남겨두고 하늘로 올라갔다. 일곱 살 맏이는 아지, 다섯 살 둘째는 노로, 세 살 막내는 백성

의 시조가 되었다. <오키나와 요미탄>

  * 옛날, 나가슈토마(ナーガ·シュットマ) 가문의 남자가 강을 따라 산 속을 걷다가, 강 상류에서 머리카락이 떠내려 오는 것을 발견했다. 강을 거슬러 올라가 보니, 하늘에서 내려온 아가씨가 날개옷을 벗고 머리를 감고 있었다. 남자는 날개옷을 몰래 훔쳐두고 아가씨를 자기 아내로 삼았다. 두 사람 사이에는 두 명의 아들이 태어났다.

  어느 날, 곡식창고의 가마니에서 날개옷을 발견한 천녀는 아이 두 명을 지상에 남겨둔 채 하늘로 올라가 버렸다. 그 후, 나가 집안에서는 7월에 신에게 제사를 지내게 되었다. 그 날이 되면 신기하게도 매번 하늘에서 비가 내린다. 그것은 하늘에 올라간 천녀가 지상에 남겨둔 아이들을 그리워하며 흘리는 슬픔의 눈물이라고 한다. <오키나와 구니가미>

10

태양의 자손

일광감응(日光感應)

삐야즈(삐야치·히야치, 比屋地)의 신은 원래 매우 아름다운 여인이었다고 한다. 태양의 신도 그녀를 원했다. 어느 날 아침, 여인이 잠자리에서 일어나 변소에 앉아 있는데 태양의 손이 뻗치더니 여인의 입으로 들어갔다. 그 후, 여인은 그 누구도 남편으로 삼지 않았는데 그만 임신을 하고 말았다.

여인의 맏오라비는 화를 냈다.

"어디로든 썩 나가거라. 아비 모르는 아이를 가지다니, 썩 나가라. 너에게는 어떤 것도 줄 수 없다."

둘째 오라비가 말했다.

"너 혼자 집을 떠나 어떻게 살 수 있겠니. 내가 가서 너를 도와주마."

오라비는 누이와 함께 집에서 나와 따로 집을 지었다. 채 지붕도 올리기 전에 아이가 태어났다.

"아기가 태어났다!"

오누이 두 사람이 기뻐하고 있는데, 이레째 되는 날 하늘에서 아름다운 옷과 맛있는 음식들이 내려왔다. 이것을 보고 오누이는 생각했다.

"이 아이는 하늘 신의 아이였던 것 같다."

열흘째 되는 날 또 음식이 내려왔던 까닭에, 이곳 사람들은 태어나서 열흘째 되는 날에는 음식을 마련한다.

아이의 첫 생일에는 아름다운 사람이 커다란 말을 타고 누추한 집 뜰에 내려왔다. 이를 보고 아이가 울었다.

"우리도 저 말에 타. 태워 줘, 태워 줘."

아이가 떼를 쓰자 어머니는 대답했다.

"저런 무서운 말에 타면 안 돼요."

"싫어, 싫어. 탈거야, 탈거야."

떼를 쓰던 아이가 말에 오르자, 어느새 말은 하늘 높이높이 사라져 버렸다. 어머니는 걱정이 되었다. 다음 해 같은 날, 아들이 내려와 어머니와 함께 하늘 위로 같이 올라갔다. 모자가 함께 천상에 이르자, 하늘의 신이 아들에게 말했다.

"네 아비는 바로 나다. 너희들에게 이라부지마를 줄 테니 내려가서 이라부 땅의 주인으로 살아라."

유타(무녀)가 우타키의 신에게 기원하러 갈 때에는 이 모자 신(母子神)이 유타에게 내려온다고 한다.

〈미야코 이라부지마 마에자토조에(前里添)〉

* 옛날, 이라부 마을에 '미가'라는 이름의 아름다운 아가씨가 살고 있었다. 남들에게 함부로 당하지나 않을까 싶어, 아가씨는 집 안에만 갇혀 지내고 있었다.

어느 날 아침, 아가씨가 아침 일찍 소변을 보러 나왔는데, 태양 빛의 손이 아가씨에게 꽂히더니 아기가 태어났다. 큰 오라비는 애비 없는 자식을 집에서 낳게 할 수 없다며 성을 냈지만, 둘째 오라비는 집을 지어 아이를 낳게 해 주었다. 아가씨는 예쁜 여자 아이를 낳았다.

성장한 딸아이는, '나는 신의 자식이니 삐야즈에 간다'라고 하고는 떠나 버렸다. 어미도 딸의 뒤를 따라 삐야즈에 가서 그곳의 신이 되었다. 어미는 '미가', 자식은 '마유미가'라고 한다.

〈미야코 이라부지마 이케마조에(池間添)〉

* 옛날, 한 여인이 어느 날 아침 변소로도 쓰이는 돼지우리에서 소변을 보고 있는데, 아침 해의 빛이 마치 인간의 손처럼 꽂혀 여인은 그만 임신하고 말았다. 여인의 오라비는 남편도 없는데 임신했다는 사실에 화를 내며 동생을 내쫓았다. 집에서 쫓겨난 여인은 아이를 낳았는데, 하늘의 신은 모자가 있는 곳에 먹을 것을 내려주어 여인이 아이를 기를 수 있게 했다.

아이가 일곱 살이 되었을 때, 하늘에서 붉은 말이 내려와 아이를 태우고는 사라졌다. 며칠 후 다시 그 붉은 말이 나타나자 여인도 그 말에 올랐다. 말은 이라부 나가야마(長山)의 삐야즈 우타키에 이르렀다. 이 모자신을 제사지내는 곳이 삐야즈 우타키이다.

〈미야코 이라부지마 사라하마(佐良浜)〉

  * 한 아름다운 아가씨가 어느 날 아침에 일어나 변소에 갔는데, 태양이 솟아오르더니 아가씨의 몸에 손을 집어넣었다.

  그 후 아가씨가 임신을 하자, 큰 오라비는 아비 없는 자식을 낳게 할 수 없다고 여동생을 집에서 내쫓았다. 그러나 둘째 오라비는 집을 지어 여동생이 아이를 낳을 수 있게 해 주었다. 아가씨는 아들을 한 명 낳았다.

  아이가 서너 살이 되었을 무렵, 바다에서 잡아온 물고기를 자르던 아이의 백부(아가씨의 큰 오라비)가 아이의 손가락을 잘라 버렸다. 아이는 슬피 울면서 새로 변해, 어머니 새와 함께 삐야즈의 모자신(母子神)이 되었다.

〈미야코 이케마지마〉

  * 어떤 아름다운 아가씨가 시집도 가지 않은 채 임신을 했다. 오라비들이 아비가 누구인지를 묻자, 아가씨는 태양이 뜰 무렵 변소에 갔더니 태양의 손이 다리 사이로 들어왔다고 대답했다. 큰 오라비가 집에서 아이를 낳게 할 수는 없다며 동생을 내쫓자, 둘째 오라비가 여동생을 맞아들여 아이를 낳게 했다.

  아이가 다섯 살이 되었을 때, 아가씨의 큰 오라비가 문어 다리를 자르다가 아이의 손을 잘라버리고 말았다. 그러자 아이는 하얀 새가 되어 날아가 버렸다. 아이의 어머니는 이 사실을 듣고 슬퍼하며 아이를 낳을 때 궂은 것들을 묻었던 곳으로 가 태양에게 호소하였다. 그러자 하얀 새가 날아와, 이라부로 건너가 신이 되라고 하였다. 어머니는 눈을 감고 이라부로 건너가 삐야즈 우타키의 신이 되었다.

〈미야코 이케마지마〉

이케마지마
마에자토

마에자토조에 •
시라하마 •
이케마조에 •
• 사와다

이라부지마

미야코 이케마지마와 이라부지마의 일광감응 설화 전승지. 삐야즈 우타키는 이라부 지마의 남부에 위치하고 있는데, 이 이야기는 주로 이케마지마와 이케마지마 사람들이 옮겨와서 개척한 이라부지마의 북부 마을에서 전승된다. 실제 삐야즈 우타키에서 모시는 신은 구메지마에서 도래한 신과 상어를 퇴치한 토요미우지오야.

태양의 아들

디다쿠무이가나시(ティダクムイ加那志)[6]가 내려준 아이가 있었다. 그 아이는 아버지 없이 어머니의 손에 자랐다. 어느 날, 밖에서 놀던 아이는 애비 없는 자식이라고 놀림을 받았다. 어머니는 지금까지 비밀로 해 오던 이야기를 해 주었다.

"너는 디다쿠무이가나시의 아들이다."

아이는 자기가 태양의 자식이라는 말을 듣고, 아버지를 만나고 오겠다며 어머니에게 말미를 얻어 하늘로 올라갔다.

하늘로 올라간 아이는 디다 앞에 나아가 자초지종을 말했다. 그러나 디다는 화를 내며 말했다.

"나는 지상에서 아이를 낳은 기억이 없다. 이 아이를 데리고 가 오니의 밥으로나 줘 버려라."

부하들은 아이를 오니가 있는 곳에 데리고 갔다. 오니는 기뻐서 아이를 먹으려 했지만, 아이의 영력이 높아 어떻게 해도 가까이 다가갈 수가 없었다. 오니는 마침내 무릎을 꿇고 손을 모아 아이에게 절했다. 디다는 비로소 그가 자신의 아이라는 사실을 알아차렸다.

"너희 모자가 먹고 살 수 있게 해 주마. 지상에 내려가 때를 기다려라."

지상에 돌아온 아이는 소를 키우며 지내고 있었다. 어느 날 소를 데리고 들에서 풀을 먹이고 있으려니, 하늘에서 오소시[7]가 내

100
· 오키나와 옛이야기

---

6) 태양신의 존칭.

려왔다. 그런데 소가 그것을 삼켜 버렸다. 아이가 소의 배를 걷어
차자, 소가 그것을 토해냈다. 그 때 소의 피 때문에 오소시의 글자
는 빨갛게 된 것이다. 그 후 소가 오소시를 삼킨 위를 '소시와타'
라고 부른다. 하늘의 명령으로 아이는 오소시(占卜者)가 되었고,
어머니는 유타(巫女)의 시조가 되었다.   〈아마미 기카이지마〉

　* 토요미야[8])가 외출에서 돌아와 보니, 첩이 뜰에서 태양을 향
해 자고 있었다. 토요미야가 말했다.

　"아아, 신기한 일이다. 태양 빛이 꽂혀 있으니, 아이를 내려주
었음에 틀림없다. 참으로 신령한 일이로구나."

　토요미야는 이제 자기는 여인과 헤어져야겠다고 생각하고 매
일같이 다니던 첩의 집에 발길을 끊었다.

　토요미야가 오지 않게 되자, 여인은 매우 낙심하며 근심하였다.

　"이상하다. 나는 토요미야말고는 다른 사람과 관계한 적도 없
는데."

　토요미야는 첩에게 말했다.

　"아이가 태어나면 반드시 무슨 표시가 있을 터이니, 그 때 다시
생각해 보거라."

　아이가 태어난 후에 보니, 신기하게도 가슴에는 태양 모양의
자국이 있고 등에는 달 모양의 자국이 있었다.

101

·

태
양
의
자
손

---

7) 점서(占書).
8) '토요미야(투유마, 튜마. 豊見親)'은 미야코지마에서 명망이 높은 사람에게 붙이
　 던 존칭.

그 아이가 7,8세쯤 됐을 때, 다라마에 그런 아이가 태어났다는 사실을 들은 왕이 기이하게 여겨 아이를 불러들였다.

어느 날, 태양의 자식은 뜻밖에 갑작스런 죽음을 맞았다. 장사를 지내려는 찰나, 태양의 자식은 크게 하품을 하면서 눈을 떴다.

"나는 안 죽었어. 하늘의 아버지가 의논할 게 있다고 불러서, 가서 아버지의 가르침을 받아 온 거야."

그가 받아온 하늘의 말은, 다라마지마는 야만스런 생활을 하고 있으니 하늘에서 담배 하나를 가지고 가 조금씩 모두에게 나누라는 거였다. 다라마는 정말 아무것도 없는 섬이기에 이렇게 하면 섬을 세울 수 있다는 거였다. 태양의 자식은 이렇게 해서 마을을 세우고 백성을 늘리다가 백 스무 살에 죽었다. 그가 남긴 유언은 다음과 같다.

"나는 신령한 아버지를 두었으니 한 곳에 장사지내지 마라. 내 이름은 메이진타로(名人太郞)라 하라. 직계 자손은 물론 이 집에서 분가하는 자손에 이르기까지 모두 타인에게 괴롭힘 당하는 일 없이, 타인의 수하도 되지 않고 늘 타인 위에 서서 살게 될 것이다. 내가 신의 음덕으로 도울 것이니, 나를 우지가미(氏神)로 배향하라."

〈미야코 다라마지마〉

* 옛날, 간다투(아사토, 安里) 집안에 남자 아이가 태어났는데, 그 아이의 등에는 태양 모양의 둥그런 반점이 있었다. 태양의 아들이었던 것이다. 이러한 사실이 류큐왕의 귀에 들어가자 슈리(首里)에 초대되어 여섯 달 동안 양육된 후 다라마지마에 돌아왔다.

그 때의 약속으로 신두(船頭)[9]와 운구스쿠(運城) 우타키의 쓰카사 (司祭)는 이 집안에서 나오게 되었다. 〈미야코 다라마지마〉

---

9) 류큐 왕조는 배를 이용하여 여러 이도(離島)에서 공물을 받았다. 흔히 지역의 유 력자가 '신두'로서 공납선을 관장하였다.

11

사신의 자손

가리마타 사신¹⁾의 자손

옛날, '움마테다'라는 모신(母神)이 '야마누후시라이'라고 하는
딸을 데리고 덴야우이야²⁾에서 나카즈마라는 곳에 강림했다. 그
러나 그곳에는 마실 물이 없어서 서쪽으로 이동하였다. 가리마타
뒤쪽에서 용천(湧泉)을 발견, 그 가까이의 우푸훈무이라는 곳에서
살기로 했다. 그러나 살 집을 짓는 도중, 야마누후시라이는 상처
를 입어 그만 죽고 말았다.

혼자가 된 움마테다는 우푸훈무이에서 나카훈무이로 옮겨 살
았는데, 그곳에서 이상한 일이 생겼다. 매일 밤 움마티다의 베갯
머리에 한 청년이 앉아있는 꿈이 보이더니, 어느 사이엔가 임신을
한 것이다.

---

1) 뱀의 모습으로 나타나는 신. 蛇神.
2) テンヤ・ウイヤ. '하늘'을 가리킴.

가리마타 마을 입구

가리마타 마을의 우푸구후 무투. 움마테다를 모신(母神)으로 모신다. '움마'는 '어머니'라는 뜻.

움마테다는 청년의 정체를 확인하기 위해 청년의 오른쪽 어깨에 실을 꿴 바늘을 꽂아 두었다. 다음날 움마테다가 일어나 그 실을 따라가 보니, 가까운 동굴 안에서 큰 뱀 한 마리가 오른쪽 눈에 바늘을 꽂은 채 괴로워하고 있었다. 두려워진 움마테다는 집으로 돌아왔다.

그날 밤, 다시 청년이 베갯머리에 나타나 자신은 덴야우이야에서 강림한 신인데 틀림없이 남자 아이를 낳게 될 것이라고 말하고는 사라졌다. 몇 개월 후, 남자 아이가 태어났다. 그날 아침, 뱀은 일곱 색채의 빛을 내며 천상으로 춤추며 사라졌다.

〈미야코 미야코지마 가리마타((狩俣)〉

* 가리마타의 조신(祖神) 우푸구후마누스(大城眞主)가 임신을 했다. 놀란 어머니는 상대가 누구인지 딸에게 물었다.

"매일 밤 꿈자리에 젊은 남자가 나타나요."

딸의 대답을 들은 어머니는 삼베 실을 꿴 바늘을 남자의 머리에 꽂아두라고 하였다. 실을 따라가 보았더니, 한쪽 눈에 바늘이 꽂힌 큰 뱀이 똬리를 틀고 있었다.

쌍둥이가 태어나자, 우푸구후마누스는 아이들을 데리고 뱀에게 찾아갔다.

"이 아이들이 당신의 아이들이라면, 물로 씻겨 주소서."

뱀은 꼬리에 물을 묻혀 아이들에게 끼얹고는 사라져 버렸다.

〈미야코 미야코지마 가리마타〉

하리미즈 사신의 자손

옛날, 히라라(平良)의 빠이누수쿠(南の底)에 매우 아름다운 처녀가 살고 있었다. 열 네 댓 살 정도가 되었을 무렵, 이상하게도 배가 점점 불러왔다. 어머니가 걱정이 되어 물었다.

"네 배가 점점 커지는 건 어찌된 일이냐? 어서 아이 아버지를 말해 다오."

"어머니는 누가 아이 아비인지 말하라고 하시지만 저도 몰라요. 이름도 말하지 않고 누구라고도 말하지 않았지만, 아주 아름다운 청년이에요. 매일 밤 몰래 오는데, 저도 모르는 사이에 배가 불렀어요."

청년이 누구인지 알지 못한다는 말에 양친은 걱정이 되었다.

"그렇다면 천 길 실을 바늘에 꿰어 줄 테니, 남자가 오면 그 바늘을 머리카락에 꽂아 두어라."

처녀는 부모가 말한 대로 했다. 다음날 아침 부모가 그 실을 따라가 보니, 지금의 하리미즈(漲水) 우타키 쪽에 깊은 동굴이 있는데, 그 곳에 실이 이어져 있었다. 들어가 보니, 길이가 5미터 정도는 되어 보이는 커다란 뱀이 그 안에 있었다. 처녀와 부모는 놀라 울다가 집으로 돌아왔다.

그날 밤, 청년은 오지 않았다. 처녀는 꿈을 꾸었다.

"너는 딸 세 명을 낳게 될 것이다. 아이들이 커서 만 3년이 지나면, 쓰카사야[3]에 데리고 오너라."

─────────────

3) 축자적 의미는 '쓰카사(司)'의 '야(ヤ,屋)', 즉 '쓰카사의 집'이라는 뜻. 미야코지마의 여성 사제인 '쓰카사'는 의례 때 그 자신이 신(神)이 되므로, 신이 머무는 집이

음력 3월 산달이 다가오자, 처녀는 뱀의 날(巳日)에 해변의 일곱 곳, 산호 갯벌의 일곱 곳을 밟고 바닷물을 길어 와 몸에 끼얹었고는 여자아이 세 명을 낳았다. 3년 후, 처녀는 꿈에서 들은 대로 아이들을 데리고 쓰카사야에 갔다. 일월(日月)과 같은 눈을 한 큰 뱀이 쓰카사야에 나와 있었다. 아이들은 뱀을 전혀 무서워하지 않고 뱀의 머리에 매달리고, 가슴에 안기고, 꼬리에 안겼다. 뱀 역시 헤어지기 힘든 듯 눈물을 흘리고는 하늘로 올라갔다. 자식들 세 명은 우타키 안으로 들어가 그대로 사라졌다.

〈미야코 미야코지마 구스쿠베〉

히라라의 하리미즈 우타키

라는 뜻이기도 하다. 하리미즈 우타키의 별칭이다.

* 옛날, 하리미즈의 쓰카사야 신이 남자로 변하여 매일 밤 아름다운 여인을 찾아가 여인과 함께 잤다. 여인은 바늘에 실을 꿰어 남자에게 꽂아두었다. 그 실 끝을 따라 쓰카사야 안으로 들어간 여인은 쓰카사야의 신이 다른 신과 이야기하는 것을 엿들었다.

"나는 훌륭히 인간을 임신시켰어."

"자네가 아무리 임신을 시켰다 한들, 3월 3일에 떡을 만들어 먹고 해변에 나가 춤을 춘다면[4] 아이는 그만 유산되어 버리고 말걸세."

그 말대로 따라하여 결국 여인은 유산했다고 한다.

〈미야코 다라마지마〉

---

4) 주로 음력 3월 3일에 행하는 연중행사 하마오리(浜下)를 가리킴. 맛있는 음식을 차려 해변으로 나가, 파도에 수족(手足)을 담가 부정을 씻고 건강을 기원하며 재미있게 즐긴다. 남녀노소가 총출동하는 지역도 있지만, 지역에 따라 여성만이 해변에서 하루를 보내는 곳도 있다.

류큐 왕조와 하리미즈 우타키

  하리미즈 우타키는 미야코지마의 군웅할거(群雄割據) 시대를 종식한 영웅 나카소네토요미야와 밀접한 관련이 있는 우타키이다. 기록에 따르면 나카소네토요미야는 이 우타키에서 슈리 왕부를 처음 찾아가는 뱃길을 수호해 달라는 기원을 올렸고, 야에야마가 류큐 왕조에 무력으로 복속되는 데 결정적 계기가 되었던 야에야마 정벌 때에도 이 우타키에서 정벌의 성공을 기원하였다. 응감에 대한 감사로 나카소네토요미야가 하리미즈 우타키를 조성했다는 기록도 있다.

  나카소네토요미야의 적극적 협력으로 류큐 왕조의 사키시마(先島:미야코 제도와 야에야마 제도의 통칭) 복속이 이루어진 이후 하리미즈 우타키는 일종의 국사(國社)로 그 위상이 정립되고, 하리미즈 우타키가 위치한 히라라는 미야코의 행정적 중심지가 되었다. 슈리를 왕래하는 배가 드나드는 포구에 위치한 하리미즈 우타키를 시작으로, 잘 닦은 돌길을 따라 조성된 구라모토(류큐 왕조의 지방 행정청) 및 불사(佛舍) 등이 지금까지도 남아 있다.

12

미륵과 석가

옛날, 미로쿠(彌勒) 부처와 샤카(釋迦) 부처가 세상을 차지하고
자 서로 다투면서 어느 쪽도 양보하지 않았다. 그러자 미로쿠가
말했다.

"잘 때 베갯머리에 꽃병을 놓아두고, 꽃병에 꽂아둔 꽃이 빨리
피는 쪽이 세상을 차지하는 게 어때?"

두 부처는 그러기로 하고 잠이 들었다. 밤중에 샤카가 눈을 떠
보니, 자기 것에는 아직 꽃이 피지 않았는데 미로쿠의 꽃병에는
꽃이 아름답게 피어 있었다. 샤카는 자신의 꽃병을 꽃이 핀 미로
쿠의 꽃병과 몰래 바꿔놓았다. 그래서 결국 세상은 샤카의 것이
되었다.

샤카에게 세상을 빼앗긴 미로쿠는 별 수 없이 인류와 짐승, 곤
충 등에 이르기까지 모든 것들의 눈을 감게 하고는 불씨를 숨기
고 용궁으로 떠나갔다. 그러자 세상의 불이 모두 사라져 샤카는
대단히 곤란해졌다. 샤카는 모든 살아있는 것들을 모아놓고, 미

로쿠가 불씨를 숨긴 곳을 물었다. 그러나 모두의 대답은 한결같 았다.

"눈을 감고 있었기 때문에 알지 못합니다."

그런데 메뚜기가 앞으로 나와 아뢰었다.

"제가 압니다."

샤카는 빨리 말해달라고 부탁했다.

"나는 날개로 눈을 가리고 있었습니다만, 내 눈은 겨드랑이에 있습니다. 그래서 미로쿠가 돌과 나무에 불씨를 감추는 것을 보았 습니다."

메뚜기의 말을 들은 샤카는 매우 기뻐서 나무와 나무를 문질러 불씨를 얻고, 돌과 돌을 부딪쳐 불씨를 얻었다. 샤카는 메뚜기에 게 말했다.

"잘 보았다. 그 답례로 하나 말해 둘 것이 있다. 네가 죽을 때에 는 땅 위에서 죽어 개미 따위에게 먹히지 말고, 나뭇가지나 풀잎 위에서 죽으렴."

세상에 거짓말을 하거나, 가난하거나, 남의 물건을 훔치거나 하는 사람들이 나오는 것은, 샤카가 미로쿠의 꽃병을 훔쳐서 자기 것으로 했기 때문이라고 한다. 한편 미로쿠는 정직했기 때문에 즐겁게 살았다고 한다. 〈아마미 요론도〉

* 욕심쟁이 사카가 보이는 곳은 모두 자기 것이라고 하자 미루 쿠는 보이지 않는 곳을 자신의 토지로 삼았다. 보이는 곳은 고지 대이고 보이지 않는 곳은 저지대였기 때문에 미루쿠는 풍요로워

져서 '미루쿠 유과후(世果報)'5)라고 일컬어지게 되었다.

그러자 사카는 미루쿠를 질투하여 불을 훔쳐서 달아나 버렸다. 사카는 모든 곤충들의 눈을 감게 하고 불을 감추었다. 미루쿠는 매우 곤란해졌다. 그런데 메뚜기는 날개 아래 눈이 있었기 때문에 사카가 불을 감추는 것을 보고 있었다. 메뚜기는 사카가 불씨를 감춘 곳을 미루쿠에게 알려 주었다. 〈오키나와 요미탄〉

* 부지런한 미루쿠가 풍요로워지자, 그것을 질투한 게으른 사카 신은 동물들에게 눈을 감게 하고는 불을 숨겼다.

그때에는 동물들이 말을 할 수 있었는데, 미루쿠가 동물들에게 묻자 겨드랑이 아래 눈이 있어서 불을 숨기는 것을 본 매미와 메뚜기가 '불은 나무와 돌에 숨겼다'라고 대답했다. 미루쿠가 돌을 맞부딪치자 불이 나왔다. 그것이 너무나 작았기 때문에 미루쿠는 나무로 막대를 만들어 비벼서 불을 끄집어내었다.

미루쿠는 사카에게 골탕만 먹자, 배에 금과 보리를 싣고 먼 섬으로 피신을 갔다. 그 섬은 또 풍요로워졌다. 그것을 듣고 사카 섬의 사람이 미루쿠 섬을 엿보러 갔는데, 그곳 백성들이 밭의 경계를 서로에게 양보하며 싸우고 있었다. 미루구 님이 남의 밭을 한 평 뺏으면 열 평 손해, 돈 열 관을 취하면 천 관 손해라고 하셨으니, 네가 더 가지라는 거였다. 그 모습을 본 사카 섬 사람은 놀

---

5) 미루쿠유가후, 미로쿠유가호. 오키나와의 민요 〈미루쿠부시(彌勒節)〉에서 노래되곤 하는 이상적 세계 '미루쿠유'의 출현을 뜻한다. '유'는 바다 먼 곳으로부터 도래하는 오곡풍양(五穀豐穰)의 풍요로움을 의미.

라서 돌아 왔다. <오키나와 쓰켄지마>

* 옛날부터 사카는 약은 자였다. 하늘과 땅이 모두 자기의 것이라고 하여 미루쿠는 거기에 따르고 있었다.

그런데 토지나누기를 할 때였다. 사카는 높은 곳에 올라가 여기서부터 보이는 것 전부가 자기 것이라고 했다. 그러자 미루쿠는 사카가 가진 나머지는 모두 자기 것이라고 말했다. 사카가 가진 토지는 모두 산이어서 척박했으나, 미루쿠가 가진 토지는 평지여서 무엇이든 잘 자랐다. 그 후, 미루쿠는 유과후라고 하여 우러름을 받았다. <오키나와 나하>

* 미루쿠와 사카가 토지나누기를 했다. 사카가 말했다.
"여기서부터 보이는 곳은 모두 내 것이다."
그러자 미루쿠가 말했다.
"그러면 보이지 않는 곳은 내 것이다."
이렇게 해서 토지를 나누었는데, 사카의 토지에서는 소출이 빈약했고 미루쿠의 밭에서는 작물이 풍성하게 수확되었다.

화가 난 사카는 쥐를 만들어 미루쿠의 작물을 먹어버리게 했다. 그러자 미루쿠는 고양이를 만들어 쥐를 잡게 했다. 사카는 12지(十二支)에 들어 있지 않은 고양이를 만든 것은 용서할 수 없다며 노했다고 한다. <오키나와 나하>

* 미루쿠라는 여인과 사카라는 남자가 있었다. 두 사람 모두

머리가 좋은 인물로, 섬의 왕 자리를 놓고 서로 다투었다. 그러다가 두 사람은 베개 맡에 꽃을 피우는 쪽이 왕이 되기로 했다. 미루쿠가 자는 동안, 사카는 미루쿠의 머리맡에 꽃이 피어 있는 것을 보고 그 꽃을 훔쳐 자신의 베개 맡으로 옮겨 두었다. 미루쿠는 사카에게 지게 되자 먼 안도(アンド) 섬으로 옮겨가 버렸다. 그러자 풍요롭던 섬은 가난해져서, 농작물도 잘되지 않게 되었다.

섬사람들은 미루쿠를 맞이하기 위해 미루쿠 노래를 불렀다고 한다. 지금도 섬의 풍작은 미루쿠의 음덕으로 여겨져 섬에서 행해지는 의례 때에는 미루쿠 춤을 춘다.6)

미루쿠가 섬을 떠나려 할 때, 어떤 집에서 빈구이(ビングウイ)라는 이모7)를 솥 하나 가득 찌고 있었다. 미루쿠는 그것을 먹고 싶었지만 먹으라고 주는 사람은 아무도 없었다. 그때부터 빈구이는 인간이 먹을 수 없게 되었다고 한다. 〈야에야마 요나구니지마〉

고하마지마 의례에 등장하는 미루쿠. 행렬 앞에서 기츠간사이(結願祭)를 위해 우타키로 출발하고 있다.

---

6) 풍요제 때 가면을 쓰고 분장한 미루쿠가 선두에 서는 행렬. 미루쿠 앞에서 여러 예능이 펼쳐지기도 한다. 오키나와 섬과 야에야마에서 볼 수 있다.
7) 고구마, 감자, 마 따위의 총칭.

* 옛날 사카님은 세계는 모두 자기 거라고 생각하고 있었다. 그런데 자신의 상대로 미루쿠 신이 있다는 것을 알고, 사자를 시켜 미루쿠 신을 맞이했다.

토지나누기를 하려고 미루쿠 신을 초대한 사카는 산에 올라가 보이는 것은 전부 자신의 것이라고 말했다. 미루쿠 신은 그렇다면 보이지 않는 것은 모두 자신의 것으로 하자고 했다. 그리고 각각 밭을 일으켜 농작물을 심었는데, 높은 곳의 산을 차지한 사카님은 거의 수확이 없었고, 골짜기 사이나 낮은 땅을 차지한 미루쿠 신은 많은 곡식을 거두었다.

화가 난 사카는 쥐를 만들어 미루쿠 신의 농작물을 먹어버리게 했다. 그러자 미루쿠 신은 고양이를 만들어 쥐를 잡게 했다. 또 사카님은 멧돼지를 만들어 내었는데, 미루쿠 신은 개를 내어 멧돼지를 패배시켰다. 이렇게 해서 미루쿠 유과후(世果報)라는 것이 생겼다.

〈야에야마 이리오모테지마(西表島)〉

13

오곡의 기원

사라진 붉은 찹쌀과 볍씨의 기원

옛날, 어떤 사람이 찹쌀 이삭이 빨갛게 여물어 있는 것을 발견했다. 베어가도 될까 망설이다. 그냥 마을로 돌아가 마을 장로에게 이 사실을 이야기했다. 장로는 베어와도 된다고 말해주었다.

"천운일세. 빨리 가서 베어 오게나."

그 사람이 친구를 데리고 다시 그곳에 가 보니, 그곳에는 이미 빨간 찹쌀이 없었다고 한다. 처음 발견한 사람에게만 천운이 따라가는 법인데, 친구와 함께 갔기 때문에 사라져 버린 것이다.

6월 아라마츠리(アラマツリ)나 우훈메(ウフンメ) 의례 때 노로가 사용하는 부채에는 큰 수리 그림이 그려져 있다. 볍씨는 그 큰 새가 물어 왔다고 한다.

〈아마미오시마〉

새가 가져온 벼이삭

아마미쿄의 자손 중 아마미츠라는 사람이 견당사로 중국 복건성에 갔다. 그 곳에서 쌀을 맛보았는데, 대단히 맛있어서 어떻게든 씨를 구해보려고 했지만 좀처럼 얻을 수가 없었다.

그 후, 북산의 이하(伊波) 아지라는 이가 중국에 건너갔을 때역시 볍씨를 구하고 싶어 했다. 한 중국인이 일러주기를, 볍씨는 가지고 갈 수 없게 하니 학을 길들여 볍씨를 매달아 보내면 될 것이라고 하였다. 이하 아지는 그 말을 따라 학을 날려 보냈다. 그러나 학은 도중에 노에지(ノエジ)라는 곳에 떨어져 죽고 말았다.

이하 아지는 학이 올 때가 되었는데도 오지 않자 작은 움막을 지어놓고 학을 찾았다. 이 때 떨어져 죽은 학이 물고 있던 벼이삭을 심은 곳이 미후다(三穗田)[1]라는 곳이다. 그때부터 점점 벼가 널리 퍼졌다.

〈오키나와 난조 다마구스쿠〉

* 옛날, 신이 새들을 모두 모아놓고 명했다.

"오키나와에는 벼가 없으니, 벼가 있는 곳으로 가 물어 오너라."

먼저 까마귀가 자기가 가겠다고 나섰으나 신은 눈빛이 좋지 않다며 허락하지 않았다. 결국 수리가 선발되어 벼이삭을 물어 왔으나, 우킨주하인주(受水走水)에서 힘이 다하고 말았다. 오키나와의 벼농사는 여기에서 시작되었다.

---

1) 벼의 수확을 감사하는 의례에서 신에게 바치는 벼이삭을 따는 밭을 가리킨다. 여기에서의 미후다는 특히 우킨주하인주의 미후다.

구다카지마 섬의 오곡 기원

오곡은 아마미쿄와 시네리쿄가 가져왔다. 아마미쿄가 표주박 속에 보리, 쌀, 콩, 기장, 쌀 등을 넣어 흘려보내니 그 표주박이 이시키하마(伊敷浜)에 닿았다. 아카츄미 신이 잡으려고 했지만 잡히지 않아서, 야구루가-라는 샘에서 몸을 정결히 한 후에야 잡을 수 있었다. 보리, 조, 콩 등은 하타스바루(ハタス原)에 심었지만, 쌀은 햐쿠나(百名)의 우킨주하인주(受水走水)에 가져가 심었다.

〈오키나와 구다카지마〉

구다카지마의 이시키하마. 백사장의 하얀 돌들은 태양의 영력을 상징한다.

＊오키나와의 최고신 아마미쿄(アマキキョ)가 중국에서 볍씨를 가지고 구다카지마에 왔다. 그러나 그곳에는 논이 없어서 지넨손 (知念村)의 우킨주하인주에 심었다. 〈오키나와 이제나지마〉

＊시라타루와 화가나시 남매는 구다카지마의 선조이다. 구다카

지마의 동해안에 있는 이시키하마 해변에서 신에게 기원하여 일곱 종류의 곡물 종자를 얻었다. 이것을 재배하여 자손이 번영하였다.

〈오키나와 구다카지마〉

· 오 키 나 와 옛 이 야 기

1. 우킨주 / 2. 하인주 / 3. 미후다. 우킨주에서 흘러나온 물이 이곳에 고인다. / 4. 웨다. 하인주에서 솟아나온 물은 웨다로 흐른다.

＊아마미쿄가 아마미오시마에서 올 때, 바다가 험하여 곡물 종자 항아리를 잃어버렸다. 거기에는 보리, 밀, 조 등의 씨앗이 들어 있었다. 곡물 종자 항아리는 몇 세대 후 구다카지마에 닿았다. 아카치미가 항아리를 잡으려고 했으나 잡을 수 없어서, 아카치미의 아내가 야구루가(ヤグルガー)라는 샘에서 목욕하고 나서 왼소매로 잡았다. 〈오키나와 구다카지마〉

가리마타의 오곡 기원

　가리마타 마을의 시다테(シダテ) 신은 오곡풍작의 신으로 제향되고 있다. 전설에 의하면 이 신은 구메지마(久米島)에서 부모에게 의절당해 가리마타 북해안에 흘러들어 왔다고 한다.

　이 신들은 오누이였는데, 오누이면서도 서로 사랑해 육체관계까지 맺었다는 사실이 부모에게 발각되었다. 대로한 부모는 부모자식 간의 인연을 끊고 유배를 보내게 된 것이었다.

　남매의 어머니는 쫓겨나게 된 자식들을 가엾게 여겼다. 아버지에게는 알리지 않고 쌀과 조, 보리, 콩, 기장 등의 오곡 종자를 배 안에 넣어주고, 눈물을 흘리며 둘이 어디든 닿거든 이 오곡 종자를 심어 살라고 이별의 말을 건네었다.

　두 사람을 실은 배는 바람에 며칠간 표류하다가 가리마타의 북해안에 닿았다. 다행하게도 두 사람은 건강했다. 처음에는 '시부야'라는 곳에서 생활했는데, 나중에 현재의 '시다테 무토'에 이주

해서 어머니가 내려준 오곡 종자를 뿌려 마을에 퍼뜨리고 가리마타의 농업발전을 위해 힘썼다. 오곡풍작의 신으로서 시다테 무토에 제향되고 있다.

〈미야코 미야코지마〉

용궁의 여인이 전해준 오곡

우루카(스나가와, 砂川) 마을 남쪽에 있는 우이뺘(ウイピャ, 上比屋)라는 산에 사냐푸즈라는 남자가 살았다. 집이 가난했기 때문에 일곱 살 때부터 카와미츠(川滿)의 키사마즈라는 사람의 집에서 머슴살이를 했다. 사냐푸즈가 열다섯쯤 되었을 무렵, 쓰나미가 미야코를 덮쳤다. 키사마즈의 성은 높은 봉우리에 있었기 때문에 사냐푸즈는 목숨을 건질 수 있었지만, 집에 돌아가 부모의 생사를 확인하고 싶었다.

"우리 부모님은 아마도 돌아가셨을 테지요. 그래도 생사는 직접 확인하고 싶으니, 휴가를 주세요."

사냐푸즈가 우이뺘 산에 돌아왔더니, 역시 부모는 죽어 있었다. 사냐푸즈는 동굴에서 혼자 살아가기 시작했다.

어느 날, 사냐푸즈는 바닷가에 나갔다가 동쪽 바다에서 아름다운 여인이 배를 타고 오는 것을 보았다(하늘에서 내려왔다고도 한다). 사냐푸즈는 이마를 땅에 붙이고 여인에게 공손히 절했다. 여인의 이름은 움마냐즈였다. 움마냐즈는 사냐푸즈에게 이렇게 말했다.

"용궁에서 말씀하시길 제일 먼저 만난 남자와 부부가 되라고 하셨습니다. 당신을 제일 먼저 만났으니, 부부가 됩시다."

놀란 사냐푸즈가 대답했다.

"나는 부모도 없고, 집도 없습니다."

"그렇다면 당신은 어디에서 잠을 자나요?"

"동굴 속에서 잡니다."

"그럼 거기에 함께 갑시다."

이렇게 해서, 그날 저녁은 동굴 속에서 잤다.

다음날 아침, 사냐푸즈와 움마냐즈는 움마냐즈가 이르렀던 운나구자 해변에 가 보았다. 그곳에는 집을 지을 만한 재목이 많이 떠내려와 있었다. 두 사람은 그 재목을 산 쪽으로 옮겼다. 또 그 다음날 해변에 가 보니 기와가 떠 내려와 있었다. 두 사람은 서둘러 그것을 산 쪽으로 옮겨 집을 짓고 살았다.

두 사람 사이에는 일곱 명의 여자아이가 태어났다. 아이들에게는 우이우스, 우이다치, 우이무투, 우이누뿌야 등등, '우이'라는 말이 들어간 이름을 붙였다.

움마냐즈는 언제나 솥에 물만 넣고서도 밥과 반찬을 만들어냈다. 어느 날, 움마냐즈는 솥에 물을 붓고 뚜껑을 넣어 놓고는 사냐푸즈에게 말했다.

"나는 아마가[2]에 가서 물을 길어 올 테니 당신은 불을 피워요. 하지만 솥뚜껑은 열어보면 안 됩니다."

보지 말라고 하면 더 보고 싶어지는 법이다. 궁금해진 사냐푸즈

---

2) '단물이 나오는 샘'이라는 뜻.

는 솥뚜껑을 열어보았다. 하지만 그 안에는 물밖에 없었다. 밖에 나갔다 돌아온 움마냐즈는 사냐푸즈에게 화를 냈다.

"당신은 내가 솥뚜껑을 열어보지 말라고 했는데도 그 말을 듣지 않았다. 당신과 함께 살아갈 수는 없다!"

움마냐즈와 사냐푸즈는 부부의 연을 끊고 각기 다른 곳에 살기 시작했다. 움마냐즈는 앞쪽에, 사냐푸즈는 뒤쪽에 살았다.

그 후, 움마냐즈가 사는 곳에는 가리마타의 구바라빠즈가 왕래하게 되었다. 두 사람 사이에는 딸이 태어났다. 딸이 성장하자 움마냐즈는 딸을 부친과 만나게 했다. 구바라빠즈가 딸에게 물었다.

"무엇을 갖고 싶으냐?"

딸은 대답했다.

"어미소를 주세요."

딸은 움마냐즈가 미리 일러준 대로 말한 것이었다. 구바라빠즈는 딸의 말을 들어주었다. 딸이 어미소를 집으로 데려오자, 그 어미소를 따라 송아지들도 모두 함께 따라왔다. 그래서 아라구스쿠(新城) 마을의 평원에 목장을 열어 소를 키웠다.

한편, 움마냐즈는 사냐푸즈에게 해 둘 말이 있다고 했다.

"나는 용궁으로 돌아가야 할 몸입니다. 마지막으로 쓰나미를 막을 방법을 알려주지요. 매년 음력 3월 초유일(初酉日)에 나빠이(ナーパイ)[3] 기원을 하도록 해요."

움마냐즈는 나빠이 의례를 하는 방법을 알려주고는 용궁으로

---

3) '나빠이'는 밧줄을 친다는 뜻. 미야코의 우루카, 도모리 마을에서 행해지는 쓰나미 방재 의례로서, 두 마을의 각 가정이 모두 의례에 참여한다.

돌아갔다. 용궁으로 돌아간 움마냐즈는 또 사냐푸즈에게 팥과 피 등의 곡물 종자를 내렸다. 이것이 우루카 마을에서 매년 하는 행사인 나빠이 의례 및 곡물의 기원이라고 말해지고 있다.

〈미야코 미야코지마 구스쿠베〉

* 옛날, 스나가와의 우이빠 산에 사는 딘치쿠, 부나자라 부부에게 사냐라는 아들이 있었다. 사냐의 양친이 쓰나미로 죽자, 마음 착한 키사마 아지가 사냐를 양육하였다.

사냐가 열여섯쯤 되었을 무렵, 사냐는 운나고자 해변에서 배를 타고 온 아름다운 여인을 만났다. 여인은 자신의 이름이 우마니아즈이며, 용궁의 명으로 사냐의 아내가 되기 위해 왔노라고 말했다. 두 사람은 부부가 되어 일곱 명의 자식을 낳았다.

어느 날, 우마니아즈는 때가 왔으니 돌아가야 한다며 쓰나미를 막는 방법으로 매년 음력 3월 초유일(初酉日)에 하는 의례를 가르쳐주고 떠나갔다.

〈미야코 미야코지마 구스쿠베 스나가와〉

오 곡 의 기 원

우이빠 산(山)에 산재한 여러 무투들.
1. 우이빠 산 입구 / 2. 구스우이빠 무투 / 3. 우이우스 무투 /
4. 우이우스 무투의 내부 / 5. 마이우이빠 무투

다케토미지마의 니우스이 신

옛날 야마토(大和)의 네노쿠니(根の國)에서 니란(ニーラン)이라는 신이 배를 타고 다케토미지마의 서해안에 도착했다. 그 배에는 갖가지 곡물 종자들이 가득 쌓여 있었다. 니란 신이 다케토미지마에 상륙하자, 다케토미지마의 어떤 한 신이 니란 신에게 말했다.

"이 섬에 가지고 오신 곡물 종자는 일단 하이쿠바리[4] 신에게 명하여 다케토미의 아홉 마을에 나누어 주시기를 바랍니다."

욕심이 난 다케토미지마의 신은 가능하면 많은 종자를 다케토미지마에 나누고 싶어서, 니란 신의 눈을 피해 니란 신이 가져온 곡물 주머니에서 종자 하나를 풀숲에 감추었다. 니란 신은 하이쿠바리 신에게 종자 주머니를 건네주고 야에야마의 여러 섬들의 신에게 종자를 나누어 주도록 했다. 그리고 그 종자가 자라 풍작이 이루어지거든 첫 이삭을 바쳐달라고 부탁했다.

풀숲에 숨긴 씨앗을 뿌려보았더니 참깨가 자라났다. 참깨는 나쁜 마음이 일어나 생겨난 작물이기 때문에, 참깨의 첫 수확물은 신에게 바치지 않는다. 풀숲에 곡물 종자를 훔친 신은 '니우스이'라고 부른다. '니우스이'란, 종자를 풀뿌리에 감추었다는 뜻이다.

〈야에야마 다케토미지마〉

---

4) '하야마와리'라고도 함. 어느 것이든, 빠르게 나누어 준다는 뜻

하늘에서 훔쳐 온 씨앗

옛날, 하늘에서 한 사자(使者)가 기장 씨앗을 이탄(여자의 속옷 하의)에 숨겨가지고 지상으로 내려왔다.

"이제부터 기장 씨앗을 줄 터이니, 이 땅에 뿌려서 언제까지나 행복하게 살아가거라. 다만, 신(神)에게는 바쳐서는 안 된다. 왜냐하면 이 씨앗은 여자의 이탄 속에 숨겨서 가져온 것이라 정결하지 못하기 때문이니라."

그 후, 섬사람들은 어떤 의례 때에도 기장을 신에게 바치지 않았다. 이것은 오늘날까지도 이어지고 있다.

〈미야코 다라마지마〉

* 어떤 여인이 피[稗]를 먹어보고는 아주 맛이 좋아서, 속옷에 숨겨 가져왔다. 그렇기 때문에 신에게 오곡을 바칠 때에는 피만큼은 올리지 않는다.

〈야에야마 하테루마지마〉

14

개와 여인

옛날, 류큐 중산왕에게 바칠 공물을 실은 배 한 척이 구메지마를 떠났다. 그런데 도중에 거친 날씨를 만나 결국 표류하고 말았다.

흘러흘러 배가 닿은 곳은 요나구니지마 섬이었다. 상륙해 보니, 살기 좋을 것 같은 무인도였다. 표착한 일행 중에는 여자 한 명과 개 한 마리가 있었다. 그런데 어느 밤부터 일행 중의 남자가 한 사람씩 사라지더니, 결국에는 개와 여자만 살아남았다. 남자들은 개에게 물려 죽은 것이다. 그 후, 여인과 개는 '이누간'이라는 곳에서 함께 살았다.

한편, 이웃 고하마지마 섬에 사는 한 어부가 배를 타고 조개를 캐러 나갔다가 돌아오는 길에 표류하여 요나구니지마에 이르렀다. 상륙해 보니 인가(人家)도 없고, 여기가 어딘지 섬을 헤매는 사이에 이누간에 이르렀다.

고하마의 남자는 구메지마 여인과 맞닥뜨렸다. 여인은 매우 놀라며, 이곳에는 사나운 개가 있어 위험하니 지금 개가 없는 걸

다행으로 여기고 빨리 도망치라고 말했다. 그러나 고하마의 남자는 구메지마 여인에게 체면을 세우려 해서인지, 도망치려 하지 않고 오히려 맹견을 퇴치하기로 마음먹었다. 남자는 구메지마 여인에게는 섬을 떠나는 것처럼 해 두고, 큰 나무 위에 올라가 있었다. 허리에는 칼을 차고 손에는 고기잡이용 작살을 쥐고 있는데 곧 맹견이 나타났다. 개는 나무 위의 남자를 보자마자 울부짖으며 나무 위로 뛰어오르려 했다. 남자는 기회를 보아 개에게 작살을 꽂았지만 개는 점점 사나워질 뿐 약해지는 기미가 좀처럼 보이지 않았다. 그러자 남자는 나무에서 뛰어내려 칼로 개를 내리쳤다. 결국 맹견은 쓰러지고 말았다.

고하마 남자는 구메지마 여인을 만나 개 퇴치의 전말을 이야기했다. 구메지마 여인은 개의 시체는 어디에 묻었는지 묻고 아무 말도 하지 않았다. 고하마 남자는 개를 묻은 장소를 말해주지 않았다.

두 사람은 부부가 되어 5남 2녀를 낳을 때까지 행복하게 살았다. 그러나 호사다마, 고하마 남자에게도 불행의 시기가 닥쳐왔다. 고하마의 남자는 고향을 그리워하는 마음을 어찌할 수가 없어서 고하마로 돌아갔다. 고하마로 돌아간 남자는 아내를 만나 지난 이야기를 하며 세월을 보냈다. 어느 날, 고하마의 남자는 아내에게 요나구니지마에 남기고 온 가족 이야기를 하며 다시 그곳에 가겠노라고 했다. 아내는 화가 나서 좀처럼 허락하지 않았지만, 어느 날 밤 남자는 몰래 고하마지마를 떠났다. 화가 난 아내는 고하마지마와 요나구니지마는 연이 끊어졌다고 소리치며 베틀에 걸려 있던 직물을 잘라 버렸다. 이런 연유로 지금까지도 요나구니 지마 여행자는 바다에서 고하마부시라는 노래를 부르는 걸 싫어 한다.

고하마의 남자는 다시 요나구니지마에 돌아갔다. 어느 날 밤, 남자는 기분이 좋아 가족들과 이야기를 나누고 있었다. 이미 일곱 명의 아이들도 있겠다, 말해도 괜찮겠지 싶어 남자는 개의 시체를 묻은 곳을 발설하고 말았다.

그날 밤, 여인은 집을 나갔다. 다음날 아침 수상쩍게 여긴 남자가 개를 묻은 장소에 가 보니, 여인은 개의 뼈를 품은 채 죽어있었다.

〈야에야마 요나구니지마〉

* 옛날, 미야코 전체가 쓰나미에 뒤덮인 일이 있었다. 그 때, 단 한 명의 여인만이 물결에 휩쓸리지 않은 아파리파(도모리에 있는 산)에 의지하여 살아남았다. 그러자 여인은 개를 남편으로 삼았다.

물이 빠지고 신이 해안에 왔을 때, 개가 커다란 문어를 머리에 얹고 가는 것이 보였다. 신은 그것을 보고 개가 있으니 인간도 있겠다고 생각해서 뒤를 밟았다. 마침내 여인을 만나게 된 신은 여인에게 물었다.

"너에게 남자가 있느냐?"

여인은 대답했다.

"있습니다."

"그 사람의 이름은 무엇이냐?"

"앉으면 높으신 분(다카도노, 高殿), 서면 기신 분(나가도노, 長殿)."

여인의 대답을 들은 신은 옆에 있던 개를 때려 죽였다.

"가엾어라, 이 개는 내 남편이었다."

여인은 이렇게 말하며 슬퍼했다. 그 때, 개를 깔고 앉아 그 피가 묻었기 때문에 여자는 매월 월경을 한다고 한다. 후에 여인은 그 신과 함께 자손을 늘려갔다고 한다. 〈미야코 미야코지마 구스쿠베〉

* 마을이 모두 쓰나미에 휩쓸려 내려가고, 한 노파와 커다란 개 한 마리만이 높은 봉우리에 올라가 살아남았다. 살아남은 둘 사이에 아이가 생겨났다. 그래서 미야코 사람은 개의 자식이라고 말해지게 되었다. 〈미야코 미야코지마 우에노〉

* 개와 결혼한 여인이 있었다. 그 개는 잔칫집 같은 곳에서 훔치는 것이 특기여서 돼지고기며 두부, 튀김 등등을 가지고 와서 아내를 먹여 살렸다.

그런데 한 청년이 그것을 보고, 날카로운 칼을 개가 잘 다니는 길에 세워 두었다. 그러자 그 칼이 지나가던 개의 배를 갈라놓는 바람에 개는 그만 죽고 말았다. 남편이 돌아오지 않자 여인은 기다리다 못해 밖으로 나와 보았다. 개가 죽어있는 것을 본 여인이 그곳에 앉아 눈물을 흘리자, 어느새 여인의 몸에서 생리가 나오기 시작했다. 이때부터 여자는 생리를 하게 된 것이다.

그 후, 개를 죽인 남자는 개의 아내였던 여인과 결혼하여 자식

두 명을 보았다. 어느 날 아내가 남편에게 말하였다.

"오늘은 산에 가서 집 지을 재목을 점찍어 놓고 옵시다."

남편과 함께 산에 오른 여인은 커다란 나무를 점찍었다.

"정말 큰 나무네요!"

여인은 남편에게 얼마나 큰 나무인지 껴안아 보라고 했다. 남편은 팔을 벌려 나무를 감싸 안았다. 그러기가 무섭게 여인은 남편의 두 팔에 못을 박아 나무에서 떨어지지 못하게 하고는, 두 아이들에게도 똑같이 하였다.

"너희들은 나무의 신이 되어라."

여인은 이렇게 말해 두고 집으로 돌아와 혼자 살았다. 일전의 개를 사랑하였던 것이다.

〈미야코 다라마지마〉

15

해와 달

일식과 월식

해의 신은 여신이고 달의 신은 남신이다. 일식과 월식은 두 신의 교합이므로, 정면에서 보면 안 된다. 물에 비친 일식과 월식을 보면, 월신이 일신 위로 올라가는 것이 잘 보인다.

〈오키나와 기노완〉

빛을 잃은 달

옛날, 달과 해는 서로 부부였다. 그런데 아내인 달이 남편인 해보다 훨씬 그 빛이 밝아서, 남편은 그것이 부러워 조금만 그 빛을 나누어달라고 종종 부탁하고 했다. 그러나 아내는 좀처럼 그 부탁을 들어주지 않았다.

어느 날, 남편은 아내가 외출하는 때를 노려 뒤에서 아내를 밀어 지상에 떨어뜨려버렸다. 달은 성장을 하고 있었는데, 진흙구덩이 한가운데 떨어지는 바람에 그만 온몸이 더러워져 버렸다.

마침 그 때, 물이 든 두 개의 통을 멜대에 진 농부 한 사람이 그 곳을 지나게 되었다. 농부는 진흙 속에서 달을 구해내고, 통에 있던 물로 깨끗하게 씻어주었다. 달은 다시 하늘에 올라가 세상을 비추어주었지만, 밝게 빛나던 달빛은 그만 잃고 말았다. 달은 감사의 표시로 농부를 초대했는데, 농부는 지금도 그곳에 머물고 있다. 보름달이 뜨는 밤, 그 모습을 우리에게 보여준다고 한다.

〈미야코 다라마지마〉

해와 달의 경쟁

낮에 나오는 태양은 원래는 밤의 달이었고, 밤의 달은 원래 낮의 태양이었다.

어느 날 두 사람이 자는데, 오늘밤 누구든 배 위에 샤카나로 꽃을 피우는 쪽이 낮의 태양이 되고 피우지 못하는 쪽이 밤의 달이 되기로 약속을 했다. 그런데 샤카나로 꽃은 달의 배에 피었다. 이것을 본 태양은 자기가 낮의 태양이 되고 싶어서 살짝 자기 배에 꽃을 바꿔 심었다. 그래서 태양은 낮에, 달은 밤에 나오게 된 것이다.

달은 얼마든지 바로 볼 수 있지만, 태양은 정면으로 볼 수 없다. 태양은 해서는 안 되는 일을 저질렀기 때문이다.

〈아마미 기카이지마〉

16

월식과 오니

  달 속 검은 그림자는 하늘의 스님이 물통을 지고 물을 길러 가는 모습이라고 한다. 달님이 완전히 사라져버리는 월식(月蝕)은, 배고픈 오니(鬼)가 달님을 삼켜버려서 생겨나는 현상이다. 그래서 그 해에는 기근이 든다고 한다. 또 반만 사라질 때에는 오니가 배가 불러서 전부는 삼키지 못하고 반만 삼키고 뱉은 것이므로, 다음 해에는 풍년이 든다고 한다.

〈야에야마 구로시마〉

17

구리마지마 야마스 우간의 유래

미야코지마 시모지(下地)에 가와미츠(川滿)이라는 마을이 있다. 가와미츠에는 옛날 쓰하마(津浜) 아지라는 사람이 살고 있었다. 결혼한 지 몇 십 년이 지나도록 아이가 생기지 않다가 나중에 아내가 임신을 하기는 했는데, 삼 년이 지나도록 아이가 태어나지 않았다. 이상한 일이라고 생각하던 중, 아내는 인간이 아닌 커다란 알세 개를 낳았다. 그 당시 아지라고 하면 상당한 지위의 사람이었기에, 쓰하마 아지는 세상에 부끄러운 일이라고 여겨 후사기라[1] 밑에 알 세 개를 묻고 매일 아침저녁으로 기미를 살폈다.

3개월 성노가 지난 어느 날이었다. 아침에 알을 묻어 둔 곳으로 가보니, 큰 남자 아이 세 명이 알을 깨고 나와 있었다.

"아아, 참으로 진기한 일이다."

쓰하마 아지는 그 아이들을 집으로 데려와 길렀다.

장남이 일곱 살, 차남이 다섯 살, 삼남이 세 살 정도로 자랐을

---

1) 풀을 많이 모아 쌓아놓은 것.

무렵부터 삼형제는 밥을 세 되씩이나 먹게 되었다. 당시 이곳에서 흰 쌀은 농사짓지 않았으니, 아마 조밥이었을 게다. 쓰하마 아지는 아이들의 대식(大食)을 감당할 수 없어 부자이기는 하나 아이가 없는, 요나하(輿那覇)2)로 시집간 누이에게 삼형제를 보냈다.

요나하의 누이는 오빠의 아들 삼형제를 키웠다. 그러나 삼형제가 자라면서 점점 더 먹는 양이 늘어나 부자인 누이도 감당할 수 없게 되었다.

그 때, 구리마지마 섬은 무인도였다. 구리마지마 사람들은 '야마스(ヤ─マス)'라는 의례를 철폐한 죄로 천벌을 받아 하늘에서 온 괴물이 전부 잡아갔기 때문이었다. 요나하의 어머니가 삼형제에게 말했다.

"지금 구리마는 사람이 살지 않으니, 너희 삼형제가 그 섬에 가서 사는 게 어떠냐? 토지가 많으니 조를 짓든 이모를 짓든 충분히 먹고 살 수 있을 게다."

"저희들도 그게 좋겠습니다."

삼형제는 요나하 어머니의 말에 찬성하고 배를 만들어 구리마지마에 건너갔다.

막상 가보니 인가가 전혀 없는데, 우물에서 마을로 올라가는 쪽에 집 한 채가 있었다. 삼형제는 그 집으로 들어갔다. 집안을 찾아보다 뒤집어진 솥을 바로 놓고 보니, 할머니 한 명이 그 안에 있었다. 할머니는 솥을 뒤집어쓰고 숨어 있었던 것이다.

"할머니, 왜 이렇게 숨어 계셨어요?"

---

2) 미야코지마 시모지의 한 마을.

"신이 와서 사람들을 전부 잡아 갔지. 오늘은 내 차례인가 싶어서, 당신들이 나를 잡으러 온 것인가 싶어 숨었네."

"자세하게 이야기해 주세요."

"일 년에 한 번 하는 중요한 우간(御願)을 그만두었기 때문에 천벌을 받았지. 사람들이 모두 잡혀가 이렇게 나 혼자만 남아 있다우."

"사람을 잡아가는 괴물은 언제 하늘에서 내려온다고 정해져 있나요? 어디에 내려오나요?"

"빠챠 광장에 내려와 사람들을 잡아 간다우."

삼형제는 괴물이 내려온다는 곳에 미리 가서 숨어 있었다. 괴물이 내려온다는 시간이 되자, 하늘에서 무언가가 내려왔다. 커다란 소였다. 삼형제는 힘에 자신이 있었기 때문에 제일 먼저 삼남을, 다음에 차남을 보내어 겨루게 했다. 하지만 번번이 실패였다. 마지막으로 장남이 나가 괴물의 쇠뿔 두 개를 뽑아버렸다. 소는 커다란 울음소리를 내며 나가삐시라는 곳-구리마지마와 미야코지마 사이의 얕은 바다-으로 갔다.

삼형제는 바닷물이 빠지자 나가삐시로 갔다. 삼남이 바다 밑을 들여다봤더니, 커다란 집이 있고 그 집 문 앞에서 한 여인이 실을 잣고 있었다. 다른 형제들을 불러 다 같이 가 보았더니, 바다 밑은 마치 육지와 같았다. 용궁같은 훌륭한 집이 서 있고, 한 여인이 집을 지키고 있었다.

"이보게, 자네 주인을 만나게 해 주게."

"잠깐 기다리세요. 주인께 물어 보겠습니다."

여인이 돌아와 삼형제를 들여보냈다.

"들어와도 좋다고 합니다."

삼형제가 들어가 보니 주인은 피투성이가 된 채였다.

"뿔 두 개를 뺏겼으니 이제 내 목숨은 없다. 너희들에게 졌다."

삼형제는 괴물에게 물었다.

"야마스 우간을 태만히 해서 잡아 온 인간들은 어떻게 되었나?"

"모두 여기 있다."

"그렇다면 사람들을 돌려다오. 우리가 데리고 가서 구리마지마를 재건할 테니."

"그들을 데리고 간들 별 도움이 안 될 거다. 눈 속에 납이 들어 있는 사람들이니까. 문을 지키고 있는 여인을 데리고 가라. 그 여인만큼은 완전한 인간이다."

이렇게 해서 삼형제는 그 여인을 데리고 구리마지마로 돌아왔다. 구리마에 돌아온 후 장남은 그 여인을 아내로 삼았다. 그 사이에서 태어난 여자아이를 차남이 아내로 삼고, 장남에게서 태어난 다른 여자아이를 삼남의 아내로 삼았다. 세 쌍의 부부 사이에서 자손들이 번영하여 스무랴 뿌나카, 우뿌야 뿌나카, 우마스샤(야마스야) 뿌나카가 되었다. 야마스 우간[3]은 이 세 집안에서 행한다.

구리마지마가 무인도가 되었을 때 섬을 재건한 것은 삼형제이다. 삼형제가 기초가 되어 지금의 구리마지마를 만들었다는 것이

---

3) 야마스 뿌나카. 매년 음력 9월 나흘 동안 행해지는 구리마지마의 최대 제사로, 자손 번성과 집안의 번영을 기원한다. 마을의 세 가문(스무랴, 우뿌야, 야마스야)이 같은 선조로부터 비롯되었다는 혈족 의식을 확인하고 이로써 마을의 공동체 의식을 강화하는 의례이다.

다. 그 후 삼형제는 늘 성대하게 야마스 우간을 했다고 한다.

〈미야코 구리마지마〉

아마구이자(아마고이자, 雨乞座)의 데이고 나무. 이 나무 아래의 광장에서 야마스 우간 때 신에게 바치는 봉납(奉納) 예능을 행하며, 풍년제도 이곳에서 이루어진다. 스무랴, 우쁘야, 야마스야의 삼형제가 데이고 나무를 한 그루씩 심었는데, 한 그루는 누군가가 베어가버려 지금은 두 그루만 남아 있다고 한다.

* 옛날, 판투4)라는 거한이 구리마지마 사람들을 모두 잡아먹어 버렸다. 그러자 요나하 마을에 살던 힘이 센 남자 두 명이 판투를 퇴치하기 위해 구리마지마에 건너왔다. 어느 집에서 우는 소리가 들려 찾아보니, 한 노파가 홀로 부엌 땔감 속에 숨어 있었다. 노파

---

4) 원래는 '괴물'을 뜻하는 단어. 미야코의 의례에 등장하곤 하는 내방신(來訪神). 의례 때에는 마을 젊은이가 판투 역할을 하는데, 머리에 가면을 쓰고 온몸을 덩굴풀로 휘감은 다음 진흙을 잔뜩 뒤집어쓴 형태로 숲 속에 숨어 있다가 어두워지면 마을로 내려온다.

는 오늘 밤은 자기가 판투에게 잡아먹힐 차례라고 했다.

두 사람은 밤이 되어 판투가 나타나기를 기다렸다. 과연 밤이 되자, 거한 판투가 나타났다. 두 사람은 판투에게 돌진하여 집터 옆에 있는 커다란 나무에 판투를 꽁꽁 묶어 놓았다. 그러나 다음 날 아침, 판투는 보이지 않고 판투를 묶어놓았던 나무는 뿌리째 뽑혀 있었다. 핏자국을 따라가 보았더니, 구리마 섬 동쪽 해안 동굴에까지 이어져 있었다. 안에 들어가 보니, 피투성이가 된 판투가 괴로워하며 뒹굴고 있었다.

두 사람은 다시 판투를 포박하여 배에 태웠다. 판투를 실은 배는 바다 한가운데로 멀리 떠나갔다. 사람을 잡아먹는 이가 다시는 섬에 나타나지 않도록, '시마후사라'라고 해서 동물의 뼈를 동아줄에 끼워 걸어놓게 되었다. 〈미야코 미야코지마 시모지 요나하〉

이케마지마 우하루즈(大主) 우타키 진입로의 시마후사라.

18

비의 신과 용궁의 신

이라부 모토시마[1]가 가뭄으로 고통당하고 있을 때였다. 한 어부가 저녁에 바다에 나갔다가 물때를 못 맞춰 돌아오지 못하고 물때가 바뀌기를 기다리며 앉아 있었다. 그랬더니 그곳에 비의 신이 하늘로부터 내려와 용궁의 신을 불러 사람들이 가뭄으로 고생하고 있는 듯하니 비를 내려 주라고 명령했다. 그랬더니 잠시 후 비가 내리는 것이 아닌가. 비의 신은 비의 양이 적으므로 좀 더 비를 내리라고 명하고는 하늘로 올라갔다. 신이 보이지 않게 되었을 즈음, 큰 비가 내렸다. 모래톱에서 그 이야기를 듣던 어부는 비는 하늘에서 오는 것이 아니라 용궁 신이 주어야만 내린다는 사실을 깨달았다.

그 후 몇 년인가 지나서, 또 가뭄이 들었다. 마을 사람들이 걱정하자 어부는 자기가 원하는 것을 준다면 비를 내려 줄 수 있다고

---

1) 쓰나미 등의 자연 재해나 이주 정책 등으로 인해 원래 살던 곳에서 다른 곳으로 마을 전체가 이동하는 경우가 있는데, 이때 원래 있던 곳을 '모토시마'라 하여 현재의 '시마', 즉 현재의 마을과 구분한다.

말했다. 어찌나 자신 있게 말하던지, 마을 사람들이 그가 원하는 것을 해 주었다. 어부는 전에 신들의 대화를 엿들었던 곳으로 가서 용궁의 신을 불러 비를 내리라고 명령했다. 그랬더니 과연 잠시 후 큰 비가 내려, 마을 사람들은 매우 기뻐하며 어부에게 고마워했다.

비의 신은 하늘에서 내려와 용궁 신을 불러 누구 명령으로 비를 주었느냐고 화를 냈다. 용궁 신은 자신에게 명령한 것은 비의 신이 아니었음을 알고 비의 신에게 사과하고는, 도대체 누구 짓인지 알아보기 위해 당분간 비를 내리지 않기로 했다.

또 오랫동안 햇빛만 내리쬐자, 마을 사람들은 다시 어부에게 비가 내리게 해달라고 부탁했다. 어부는 신의 계략을 전혀 모른 채 마을사람들의 부탁을 듣고는 전처럼 해안에 가서 용궁의 신을 불렀다. 용궁 신은 나를 속인 것이 이 녀석이라며 어부를 붙잡으려 했다. 어부는 깜짝 놀라 도망쳐서 후츠무토 우타키에 들어갔다.

다행스럽게도 그 곳에 여신이 있어서 어부를 도와주었다. 용궁 신이 나타나 여기에 인간이 왔을 테니 내놓으라고 하자, 여신은 그 인간은 북쪽으로 갔다고 대답했다. 용궁의 신은 모토시마까지 어부를 쫓아 갔지만 찾을 수가 없어서, 모토시마에 나쁜 병을 유행시키고는 돌아갔다.

몇 년 후, 모토시마 부근에서 어부가 노래를 부르며 삼풀을 베고 있었는데, 용궁 신이 그 목소리를 듣고 와서는 그를 산 채로 잡아갔다고 한다.

〈미야코 이라부지마〉

19

우타키 신과 오니

어느 날, 마을의 여인네 한 명이 완성된 옷감을 히라라(平良)에 바치러 갔다.[1] 그 날은 귀가가 매우 늦어서 여인은 어두워진 길을 서둘러 걸어가고 있었다. 도중에 불빛이 새어나오는 집이 있길 래, 그 집에서 좀 쉬어갈까 하고 들어갔다.

거기에는 커다란 솥이 있고, 옆의 항아리에는 인간의 손발이 담겨 있었다. 깜짝 놀라 도망치려던 찰나, 오니가 나타났다. 오니 는 여인에게 말했다.

"내가 물을 길어 오는 동안 이 솥을 열지 마라."

여인이 쭈뼛쭈뼛 솥을 열어보니, 거기에는 사람이 들어 있었 다. 어떻게든 도망치지 않으면 자신도 죽을 거라고 생각한 여인은 오니에게 변소에 가고 싶다고 말했다. 오니는 끈으로 여인의 허리 를 묶었다.

---

1) '히라라'는 예부터 미야코의 행정적 중심지였다. 여인들이 짠 옷감은 히라라의 행 정 기구를 통해 류큐 왕조로 상납되었다.

"저쪽에 덤불이 있으니까 저기 가서 누라구."

여인은 덤불 속에 가자마자 끈을 풀어 옆에 있는 나무에 묶고는 우타키 쪽으로 정신없이 도망쳤다.

오니도 여인을 쫓아 우타키에 갔다. 오니는 우타키의 신에게 물었다.

"여기에 여자가 왔을 텐데! 어디에 있지?"

우타키 신이 대답했다.

"여기에는 안 왔다."

이 말을 들은 오니는 화를 냈다.

"아니, 와 있어. 빨리 내 놔!"

오니가 난동을 부리자 우타키의 신이 제안을 했다.

"그렇다면 나와 내기를 하자. 네가 이기면 여인을 넘겨주마. 내 절굿공이와 네 절굿공이를 던져, 내 공이가 쓰러지면 내 머리를 주마. 대신 내 공이가 땅 위에 서고 네 것이 쓰러지면 네 머리를 받겠다."

둘은 이렇게 하기로 약속하고 서로 공이를 던졌다. 그랬더니 오니의 공이는 쓰러졌는데 신의 공이는 꼿꼿하게 섰다. 신은 약속대로 오니의 머리를 받아 구바 잎으로 쌌다.

"구바 잎이 시들면 내려와라. 시들지 않으면 내려오지 마라."

우타키 신은 이렇게 말하며 오니를 하늘에 던졌다.

구바 잎은 일 년 내내 푸르러서 시드는 일이 없기 때문에 지금도 오니는 내려올 수 없다. 그 이후 오니가 나타나지 않게 되었다는 이야기이다.

〈미야코 미야코지마 구스쿠베〉

20

미야코의 열두 신

부자지만 난폭한 주인의 하녀로 일하던 한 가난한 여인이 있었다. 어느 날 여인이 나무를 하러 산에 갔는데, 땔감을 다 모으기도 전에 날이 어두워져 버렸다. 별 수 없이 하룻밤 산에서 잠을 청하는데, 옆에 있던 나무에 붉은 새가 날아와 앉았다.

다음 날, 새는 날아가 버렸다. 소변이 마려워진 여인이 오줌을 누는데, 열 두 개의 알이 뱃속에서 나왔다. 여인은 이상한 일도 다 있다며 구멍을 파 알을 묻고 돌아와 버렸다. 일 년 후, 여인은 다시 그 곳에 가 보았다. 그랬더니 열 두 명의 아이들이 차례차례 '엄마, 엄마'라고 여인을 부르며 다가오는 게 아닌가?

이 여인이 움마디다가나스[1]가 되고, 열 두 명의 아이들은 우하루즈(大主) 신[2]을 비롯한 미야코 이곳저곳의 우타키 신이 되었다고 한다.

〈미야코 이케마지마〉

---

1) '움마'는 어머니, '디다'는 태양, '가나스'는 경칭인 '가나시'를 각각 뜻한다.
2) 미야코 이케마지마에 있는 우하루즈 우타키를 가리킴. 신위(神威)가 높기로 유명하며, 이라부지마 등에 그 분사가 있다.

＊옛날, 이케마(池間)에 우하루즈(大主)라는 부자가 살았다. 우하루즈는 가리마타의 니누빠우마티다(子方母天太)라는 여인을 하녀로 부리고 있었는데, 어느 날 우하루즈가 니누빠우마티다에게 일렀다.

"밭에 가서 콩을 따오너라."

아직 콩이 익을 때가 아니었지만, 니누빠우마티다는 주인의 명령이라 어쩔 수 없이 밭에 가 보았다. 그런데 콩이 정말로 익어 있었다. 니누빠우마티다는 콩을 따 주인에게 올렸다. 주인은 기뻐하며 다시 일렀다.

"다시 밭에 가서 콩을 따오너라."

니누빠우마티다가 콩을 따러 다시 밭에 가는데, 이상하게 난데없이 배가 아파왔다. 니누빠우마티다는 콩밭 구석에 쪼그리고 앉아 있다가, 알을 열두 개나 낳았다. 사람이 알을 낳다니 참으로 희한한 일이라고 생각한 우마티다는 풀을 덮어 알을 숨겨놓고 콩을 주인에게 가져갔다.

주인은 다시 콩을 따오라고 시켰다. 우마티다가 다시 가 보니, 자기가 낳은 열 두 개의 알이 부화하여 입술이 빨간 아이들이 태어나 있었다. 우마티다는 희한한 일이라고 생각하면서도, 자기가 낳은 아이들이니 자기가 돌봐야겠다고 마음먹었다.

아이들이 7,8세쯤 되었을 무렵, 우마티다는 아이들에게 열 두 방위를 나누어 주고 책임을 지웠다.

"너는 저기를 지켜라. 또 너는 거기를 지켜라."

우마티다는 아이들이 미야코의 열 두 방위를 지키게 하고 풍요를 가져오는 신, 글을 잘 쓰게 하는 신, 아이를 주는 신, 불을 내려주는 신 등 각자가 책임을 맡게 했다.

미야코의 열 두 방위의 신들은 니누빠우마티다를 통해 그 곳에 좌정하게 된 것이다. 니누빠우마티다가 열 두 아이를 낳게 된 것은 하늘의 새가 니누빠우마티다에게 와서 붙었기 때문이다. 즉, 열 두 방위의 신들은 하늘이 내려준 것이다. 우리는 이렇게 생각하고 있다.

〈미야코 미야코지마 구스쿠베〉

* 옛날옛날, 양친을 잃은 여자아이가 살았다. 아이는 친척집을 돌아다니며 빌어먹고 살다가, 열한 살이 되었을 때 어느 집 하녀로 들어가게 되었다. 주인은 산에 가서 나무를 해오라고 시켰다. 비가 오나 눈이 오나, 아이는 산에 가서 나무를 해야만 했다.

아이가 나무를 하는 산에는 커다란 데이고 나무가 있었는데, 가운데가 크게 뚫려 있었다. 그 안에 들어가 있으면 아무리 비가 오더라도, 아무리 해가 내리쬐더라도, 또 아무리 춥더라도 괜찮았다.

아이는 열일곱 살의 아름다운 아가씨가 되었다. 어느 날, 데이고 나무 안에서 잠이 들었는데 누군가 만지는 것 같은 느낌이 들더니 그만 임신을 하고 말았다. 단정치 못한 일을 한 적이 없는데 어째서 이런 일이 생겼을까 걱정했지만, 배는 점점 불러왔다. 주인집 사람들이 수군거리고, 주인은 아가씨를 내쫓으려 했다.

"나는 부끄러운 일을 하지 않았어. 아무 짓도 하지 않았는데 어째서 이렇게 된 걸까?"

아가씨는 한탄하며 산으로 올라가 데이고 나무 옆에 앉았다. 그러자 갑자기 배가 아파오더니, 열 두 개의 알을 낳게 되었다. 아가씨는 구멍을 파서 알을 묻고 홀로 집으로 돌아갔다.

아가씨가 이십여 일 뒤에 가 보니, 알을 묻어두었던 곳이 갈라지고 열 두 명의 아이가 알에서 태어나 있었다. 여자아이가 여섯, 남자아이가 여섯이었다. 마침 그곳에 한 노인이 와서 말했다.

"이 아이들은 보통 아이들이 아니다. 하늘의 신이 내려주신 아이들이다."

노인은 아이들에게 미야코 열 두 방위의 각지(各地)를 배분하고, 아가씨에게 말했다.

"너는 하늘에 올라가거라. 하늘에 올라가 아이들이 가는 곳을 보거라. 아이들은 열 두 방위에 좌정하여 나라를 지키게 될 것이다."

〈미야코 미야코지마 구스쿠베〉

이케마지마의 우하루즈 우타키 입구

1. 이케마지마 우하루즈 우타키 안 / 2. 이라부지마의 우하루즈 우타키 / 3. 미야코지마 니시하라의 우하루즈 우타키 입구. 2와 3은 이케마지마 우하루즈 우타키의 분사(分社). 도리이(鳥居)를 세우는 등, 일본 신사(神社) 양식을 따라 개축된 모습이다.

21

미나모토노다메토모의
아들 슌텐

　미나모토노다메토모(源爲朝)[1]에게는 많은 형제들이 있었는데, 형제들끼리 서로 싸웠다.[2] 싸움에 진 다메토모는 처음에는 오니가시마(鬼ヶ島)[3]에 이르렀다. 오니가시마의 오니들에게서도 다메토모는 인간이 아니라 신이라고 말해지곤 했다. 외모도 준수하고 또 풍채도 좋았기에, 오니들도 이 사람에게 손을 대면 큰일난다면서 무서워했다. 다메토모는 귀신들을 모두 제압하고는 그곳에서 살지는 않겠다며 오키나와로 건너갔다. 도중에 폭풍을 만나 아내와 부하들이 모두 허둥대는데, 다메토모가 말했다.

---

　1) 헤이안 시대 말기의 무장. 활의 명수로 유명하며, 일본의 대표적 군기물(軍記物)인『保元物語』의 실질적 주인공이다. 호겐(保元)의 난 때에 아버지와 함께 스이토쿠(崇德) 상황(上皇) 편에 서서 분전했으나 패배, 伊豆大島에 유배되었다. 그 후 추토(追討)를 받아 자살한 것으로 알려져 있다.
　2) 미나모토 가문의 부자(父子) 및 형제들이 상황과 천황 편으로 각각 갈려 싸운 '호겐의 난'을 가리킴.
　3) 오니들이 산다는 일본 설화상의 섬. 일본의 유명한 설화인 〈모모타로〉에서 주인공 모모타로가 이곳에 가서 오니들을 정벌했다고 한다.

"이것은 내가 여자를 배에 태우고 있기 때문이다."

다메토모가 자기 아내를 바다에 던져넣자, 바람이 멈추었다. 운을 하늘에 맡기고 있자니, 나키진(今歸仁)의 운텐(運天)에 배가 닿았다. '운텐'이라는 지명은 이렇게 해서 생겼다.

다메토모는 운텐에서 슈리(首里)로 갔다. 그곳에서는 모훈(モ—フン)이라는 자가 왕을 방해하고 있었다. 다메토모는 류큐왕의 아내가 모훈에게 쫓기는 것을 구해 주었다. 모훈은 다메토모가 무서워서 도망쳐버렸다. 왕비는 다메토모의 아내가 되어 슌텐마루(舜天丸)를 낳았는데, 그 슌텐마루가 모훈을 퇴치했다고 한다.

그 후, 다메토모는 아내와 아들에게 말했다.

"너희들은 마치미나토(마키미나토, 牧港)에서 기다려라. 나는 고향에 갔다가 다시 돌아오마."

다메토모는 이렇게 약속하고 일본으로 돌아갔다. 아내와 아들은 '몇 년 몇 월 며칠에 돌아오마고 하셨으니 오실 것이다'라며 기다렸으나, 아무리 기다려도 다메토모는 돌아오지 않았다. 그렇게 기다렸던 곳이라 해서 '마치미나토'[4]라는 이름을 붙였다는 이야기다.

〈오키나와 요미탄〉

* 오시마(大島)에 유배당한 다메토모는 폭풍우를 만나 표류하여 오키나와의 운텐코 항구에 이르렀다. 운을 하늘에 맡겼다고 해서 운텐(運天)이라고 불렀다. 다메토모는 남부로 가서 오자토(大里) 아지의 사위가 되었다. 다메토모는 다시 일어서기 위해 일

4) '마치미나토'는 기다린다는 의미의 '마치'와 항구를 뜻하는 '미나토'의 합성어.

본 본토에 돌아가려고 했는데, 배에 여자를 태울 수는 없어 아내를 남겨두고 홀로 떠났다. 오자토 아지는 다메토모가 돌아오기를 항구에서 기다렸다. 그래서 그 항구를 '기다리는 항구'라는 뜻의 '마치미나토'라고 부르게 되었다. 다메토모와 오자토 아지의 딸 사이에서 태어난 아들이 오키나와의 왕이 되었다. 〈오키나와 나하〉

운텐 소재(所在) 미나모토노다메토모의 상륙(上陸) 기념비

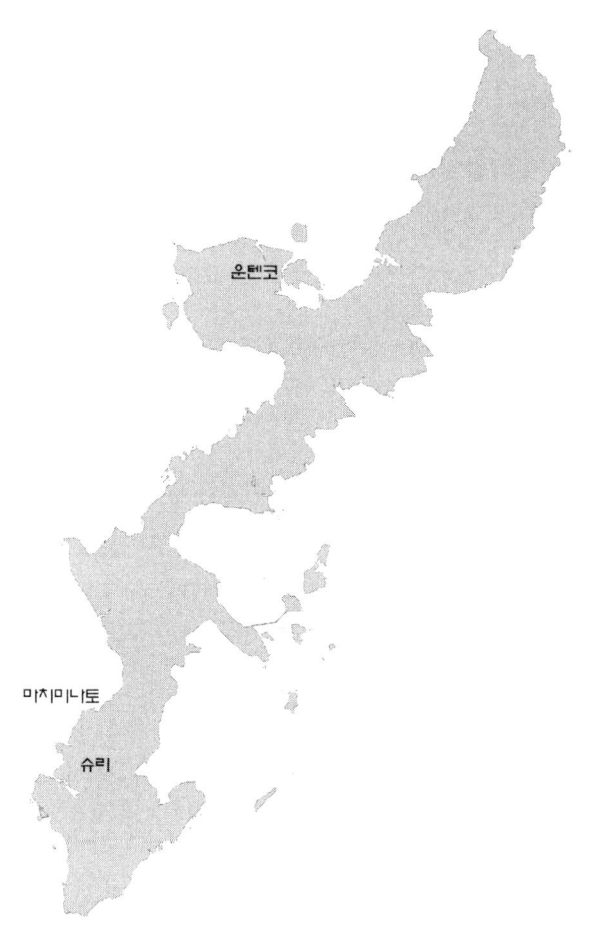

운텐코

마치미나토

슈리

미나모토노다메토모 전설 관련지

22

기혼왕

미나모토 슌텐은 미나모토다메토모의 아들이고, 그 장남이 슌바슌키(舜馬順熙) 왕이며, 슌바슌키 왕의 아들이 기혼왕(儀本王)이다.

기혼왕 시대에는 우라소에(浦添) 성터가 오키나와의 정부(政府)였는데, 에소(英祖)는 그 정부에서 관리 노릇을 하고 있었다. 기혼이 왕 노릇을 하고 있을 때, 천연두가 횡행해서 많은 사람들이 죽었다. 정말 큰일이었다.

기혼왕은 관리들에게 말했다.

"나는 타고난 자질이 미천하여 왕위에 오를 만한 인간이 아니다. 나를 대신하여 정치를 맡아 할 사람은 없는가?"

"그런 사람이라면 데다코[1] 에소 밖에 없습니다."

---

1) '데다코'는 '태양의 아들'이라는 뜻. 흔히 왕이나 아지와 같은 정치적 지배자를 지칭한다.

· 오키나와 옛이야기

"그 사람을 불러 오너라."

에소가 오자 기혼왕은 그에게 자신의 옷을 주며 자기 대신 정치를 맡아 달라고 부탁하였다. 에소가 왕의 일을 대신하자, 과연 역병도 없어지고 평화로운 나날이 이어졌다. 기혼왕은 에소에게 말했다.

"당신은 나보다 자질이 훌륭하니, 당신이 왕이 되어 주시오. 나는 이제 그만두리다."

기혼왕은 밤을 틈타 구니가미(國頭)의 혜도(邊戶) 쪽으로 달아나 그곳의 산에서 살았다. 거기에는 그의 무덤도 있다. 기혼왕이 그곳으로 가 버린 후, 그의 뒤를 이은 사람이 에소왕이다.

〈오키나와 니시하라〉

혜도의 기혼왕 묘. 인부들이 묘역을 손보고 있다. (2012.1)

* 기혼왕 시대에 역병이 창궐하였다. 어디에선가 나타난 백발 노인이 말했다.

"신이 노하셨다. 신의 노여움을 달래기 위해서는 왕을 불태워 야만 한다."

이윽고 왕의 몸에 불꽃이 옮겨붙으려 할 때, 큰 비가 내렸다. 화를 면한 왕은 구니가미로 달아나 헤도의 노로와 부부가 되었다. 그 아들이 후일 제1 상왕조의 시조 쇼하시(尙巴志) 왕의 선조일 것이라고 말해지고 있다. 〈오키나와 구니가미〉

* 기혼왕의 시대에 한발이 지속되거나 비가 그치지 않는 일이 끊이지 않았다. 사람들은 그 죄를 물어 기혼왕을 불에 태워 죽이 려 하였다. 기혼왕은 솟아오르는 연기 속에서 도망쳐 달아났다. 달아나는 도중에 물을 얻어 한 숨 돌렸던 곳, 물고기를 잡았던 망을 말렸던 곳이 지금도 있다. 〈오키나와 요미탄〉

* 기혼왕은 왕위를 물려준 후 일신의 위험을 감지하고 왕부(王府)를 떠나 북쪽으로 피했다. 먼저 구니가미로 피했다가 요미탄, 나카구스쿠로 옮겼다. 기혼왕의 묘는 그가 머물렀던 네 곳에 있다. 〈오키나와 구니가미〉

* 기혼왕은 시종 한 명, 말 한 필과 함께 오키나와 본도에서 이제나지마 섬으로 건너갔다. 잠시 휴양을 취하다, 오키나와 구 시가와(具志川)로 건너갔다. 여기에서 소중한 말이 죽었는데, 그

후로 구시가와에서는 말을 한 마리도 기르지 못하게 되었다. 기혼
왕은 결국 구시가와에서 시종과 함께 죽었다고 하며, 아마미(奄
美)로 건너갔다고도 한다.　　　　　　　　　　〈오키나와 이제나지마〉

23

삿토왕

오쿠마코(奧間子)[1]라는 사람이 있었다고 한다. 어느 날 밭에서 일하다가 돌아가는 길에 숲 속 냇가에서 발을 씻는데, 아름다운 옷이 나뭇가지에 걸려있는 것을 보았다.

"이상하군. 이렇게 고운 옷이 나무에 걸려 있다니. 귀한 물건이니 가져가서 우리집 가보로 삼아야지."

오쿠마코는 옷을 집에 가져가 창고 안에 감추었다.

그런데 그 시내에서는 한 여인이 목욕을 하고 있었다. 목욕을 하고 밖으로 나와 보니, 자기가 입었던 옷이 사라지고 없었다. 어찌할 바를 모르고 앉아 있는데, 오쿠마코가 다가와 무슨 일인지 물었다.

"여기에 놓아두었던 옷이 없어졌습니다. 입고 돌아갈 옷이 없어 어찌하면 좋을까 걱정하고 있습니다."

"우리집이 바로 가까이에 있으니, 내 옷을 빌려 드리리다."

---

1) 삿토왕의 부친인 오쿠마 우후야(奧間大親).

오쿠마코는 여자를 집에 데려가 자기 옷을 빌려주고는, 결국 부부가 되어 남매를 낳고 살았다.

어느 날 누이가 남동생을 달래며 이런 노래를 불렀다.

"네가 이렇게 울면 창고 안에 있는 날개옷을 입혀주지 않을 테야. 자자, 울지 마라, 울지 마라."

이 노래를 들은 어미는 그제야 모든 것을 알게 되었다.

"그렇구나. 내 날개옷이 이런 곳에 숨겨져 있었구나!"

어미는 창고에서 날개옷을 찾아 입고는 날아가 버렸다.

이렇게 해서 태어난 남자아이가 나중에 삿토왕(察度王)[2]이 되었다. 삿토왕은 어렸을 때 일도 하지 않고 낚시를 하거나 산에서 새를 잡거나 하면서 놀기만 했다. 그러다가 어느 날, 가츠렌(勝連) 아지의 딸이 남편감을 고른다는 말을 들었다.

"그래? 가츠렌 성(城)에서 사윗감을 고른단 말이지. 그렇다면 나도 가 봐야지."

하지만 가츠렌 성의 문지기는 행색이 초라한 그를 들여보내주지 않았다.

"너는 뭐 하러 왔어? 성 안에서 아가씨의 남편감을 고르고 있다 한들, 너 따위가 뽑힐 리 만무하니 그냥 돌아가!"

삿토가 문지기와 옥신각신하는 사이, 가츠렌 아지의 딸이 문틈으로 그 모습을 보고 문지기를 불러 물었다.

"어찌된 일이냐? 너희들은 무슨 일을 한 것이냐?"

문지기가 대답했다.

---

2) 류큐 제1 상왕조(尙王朝)의 시조. 재위 1350~1395년.

"들어보십시오, 아가
씨. 저런 비루한 놈이
사위가 되겠다고 왔습
니다. 이런 놈을 성 안
에 들여보낼 수야 없는
법이지요."

하지만 아가씨는 그
를 들여보내도록 허락
했다.

"누구든 좋으니 들여
보내 거라. 어떤 분인
지도 모르는데 그래서
야 되느냐. 들여보내
보거라."

이렇게 해서 성 안에
들어간 삿토는 두 번째

삿토왕 전설 관련지

문을 지키는 문지기와도 옥신각신했지만 이번에도 아가씨가 들
여보내라고 하여 무사히 통과했다. 이렇게 해서 삿토를 들여보내
자, 양친이 딸에게 말했다.

"너는 저런 남자의 아내가 될 생각이냐? 도대체 저런 사내와
어쩔 참이냐?"

딸이 대답했다.

"저 분은 덕이 있는 사람입니다. 제가 보기에 저 분은 덕이 뛰어

나시니, 저는 꼭 저 분의 아내가 되겠습니다."

이렇게 해서 아지의 딸은 삿토의 아내가 되었다. 삿토의 차림새가 차림새였던 만큼, 아가씨의 어머니는 가난뱅이라고 가엾게 여겨 쌀가마니에 황금을 넣어 들려 보냈다. 당시에는 배로 가츠렌과 아와세(泡瀬) 사이를 왕래했기 때문에 삿토와 가츠렌 아지의 딸은 배에 몸을 싣고 가츠렌을 떠났다. 집으로 가는 도중, 새 한 마리가 시끄럽게 울었다. 그러자 삿토는 가마니에서 황금을 꺼내 새를 맞혔다. 아내가 놀라 말했다.

"어머나, 당신은 어처구니없는 일을 하는군요. 어째서 황금을 던져 새를 맞히십니까?"

삿토는 태연히 말했다.

"무슨 말을 하는 거요? 이런 거라면 우리 집에 잔뜩 있소."

이윽고 오쿠마의 집에 도착해 보니, 히누간[3] 셋도 모두 황금이고, 집주위도 모두 황금이었다. 자나(謝名)의 '황금뜰(黃金宮)'이라는 곳이 그곳이다.

옛날에는 그 곳 아래가 바다여서, 집터 바로 옆까지 배가 들어올 수 있었다. 또 용천수가 있어서 일본 배들이 와서 물을 길어갔다고 한다. 삿토는 머리가 좋은 사람이었으므로, 집에 있던 황금을 주고 일본 배가 싣고 온 철(鐵)을 가져왔다. 그 철로 농기구를 만들어 농가에 나누어주고 사람들의 신망을 얻었다. 삿토는 이곳

---

3) '히노카미(火の神)', 즉 '불의 신'이라는 뜻. 오키나와의 많은 가정에서는 부엌에 세 개의 돌을 놓고 모셨는데, 이 돌에 히누간이 내린다고 믿었다. 최근에는 도자기로 된 향로를 두는 경우가 많다. 히누간은 가정을 지키는 신으로 알려져 있다.

에서 신하들을 모아 이소 구스쿠(伊祖城)의 아지가 되었다가, 나중에는 우라소에(浦添)의 아지가 되고, 결국은 중산왕(中山王)이 되었다.　　　　　　　　　　　　　　　　〈오키나와 기노완〉

삿토왕 출생 설화의 배경 모리노카와(森の川), 기노완 마시키(眞志喜) 소재

기노완 오자나(大謝名)의 황금궁(黃金宮). 주택가 안쪽에 자리해 있다. 위로부터 시계방향으로 길가에서 본 황금궁, 황금궁 내부, 황금궁 입구. 예전에는 석문(石門)이 있었다고하나, 지금은 주위의 낡은 돌담만이 조금 남아있을 뿐이다.

24

야구라우후누시

　야구라우후누시(야구라 오누시, 屋藏大主)는 쇼하시(尙巴志)의 선조이다. 이헤야지마(伊平屋島) 섬에 살면서 농사를 매우 열심히 지었다. 풍년이 들면 창고를 지어 작물로 꽉 채우고, 또 창고를 지어 채우고 해서 모두 여덟 개의 창고를 가득 채웠다.

　기근이 들자, 야구라우후누시는 창고를 풀어 농민들에게 곡식을 나누어 주었다. 사람들은 그에게 야구라우후누시라는 별명을 붙이고, 후에 그의 뼈를 이헤야의 '하이후'라는 곳에 모셨다고 한다.

〈오키나와 이헤야지마〉

　* 이헤야의 왕(후일 쇼하시의 부친)은 가뭄으로 기근이 든 사람들에게 창고에 저장해 두었던 곡식을 나누어 주었다. 고기잡이도 잘 하던 그는 잡아온 물고기도 사람들에게 나누어 주었다. 그런데 그런 분배 방식에 불만을 품은 마을 사람이, 왕을 죽이고 창고의 물건들을 빼앗기로 마음먹고, 그가 고기잡이에서 돌아오기를 기

다리고 있었다. 왕이 고기잡이에서 돌아오는 도중, 신령이 나타
나 말했다.

"섬에는 돌아가지 말고 배를 띄워 서쪽에 있는 섬을 찾아가라."

그가 달아난 마을은 사시키(佐敷)[1]였다. 그는 그곳 아지의 딸과
결혼해서 많은 자식들을 낳았다. 그 중의 한 명이 쇼하시다. 그는
체구는 비록 작았지만 굉장히 힘이 세었다고 한다.

〈오키나와 구시가와〉

* 야구라오누시는 천손(天孫)의 후손 에소왕의 자손이다. 에소
왕의 사대손(四代孫) 다마구스쿠왕(玉城王)이 주색에 빠지니, 나
라 안이 어지러워져 결국 중산, 북산, 남산으로 나뉘어 대립하게
되었다. 남산 오자토(大里) 아지의 아우는 형에게 다마구스쿠왕을
경계하라고 진언했지만, 오자토 아지는 그 말을 듣고 노하여 아우
를 살해했다. 죽은 아우의 차남인 야구라오누시는 이헤야지마로
건너가 열심히 농사를 지어 여덟 동의 곡식창고를 모두 채웠다.

야구라오누시는 2남 3녀를 낳았다. 장남은 사메카오누시(鮫川
大主), 차남은 우에자토(上里) 아지(按司), 장녀와 차녀는 가지야
(가키야, 我喜屋) 노로(祝女)가 되었다.

그 후 힘을 키운 야구라오누시는 이제나(伊是名)에 성을 쌓고
사메카오누시를 성주로 삼아 이제나지마 섬을 통치하게 하고,
이헤야(伊平屋)의 땅을 차남 우에자토 아지에게 물려주었다. 야

---

1) 난조시(南城市)의 사시키. 난조시는 2006년 사시키초(佐敷町), 다마구스쿠손(玉
城村), 오자토손(大里村), 지넨손(知念村)을 합병하여 생겨났다.

구라오누시는 사후에 가키야의 야쿠라(ヤクラ) 해안 동굴에 장사 지냈다.

〈오키나와 이헤야지마〉

25

사시키의 고아지 쇼하시왕

옛날, '사시키(佐敷)의 고아지(小按司)'라는 아지가 살았다. 그는 부모에게서 무언가를 물려받고 싶어했다. 그의 어머니는 볏짚밖에 가진 게 없어서 아들에게 그것을 주었다. 부모에게서 볏짚을 받은 고아지는 미소(된장)를 만드는 집 앞에 가서 서 있었다. 옛날에는 끈 대신에 볏짚으로 미소를 쌌는데, 때마침 볏짚이 다 떨어지고 없었다.

"지금 갖고 있는 볏짚을 좀 빌려주겠소?"

"이것은 부모님께 물려받은 거라서 줄 수는 없소. 하지만 그 미소와 바꿔줄 수는 있소이다."

볏짚을 미소로 바꾼 고아지는 이번에는 솥을 고치는 곳으로 갔다. 그곳에서는 솥을 수리할 때 필요한 미소가 다 떨어져서, 고아지가 가지고 있던 미소를 빌려달라고 했다.

"이것은 부모님께 물려받은 거라서 그냥 줄 수는 없소. 솥을 만드는 무쇠와 바꿔 주시오."

이렇게 해서 고아지는 솥을 만드는 무쇠와 미소를 바꾸었다.

조금 더 가니 대장간이 있었다. 대장장이가 무쇠를 원하자, 고아지가 말했다.

"이것은 부모님께 물려받은 거라서 그냥 줄 수는 없소. 대신 이 무쇠로 작은 칼을 만들어 주시오. 두 개를 만들어 하나는 당신이 가지고 다른 하나는 내게 주시오."

대장장이는 작은 칼을 만들어 주었다. 그 칼은 제대로 갈지도 않았는데도 매우 잘 들었다.

이번에는 요나바루로 갔다. 향을 싣고 온 중국 배가 있었는데, 항구를 떠날 시간이 되었지만 닻을 올리지 못해 움직이지 못하고 있었다.

"닻줄을 자르게 네가 가지고 있는 칼을 빌려다오."

"이것은 부모님께 물려받은 거라서 그냥 줄 수는 없소. 저 금병풍과 바꿔 주시오."

이렇게 해서 고아지는 금병풍을 집에 놓아두게 되었다. 이 사실은 남산왕의 귀에 들어갔다.

"사시키의 고아지가 금병풍을 가지고 있다고? 그런 지저분한 집에 금병풍을 두는 건 곤란하지. 고아지를 불러 그 병풍을 가져오게 해서 우리 성을 장식하는 게 어떨까?"

남산왕은 신하를 고아지에게 보내어 금병풍을 요구했다. 고아지는 왕이 보낸 신하에게 대답했다.

"아무리 임금님이지만 이렇게 신하를 괴롭혀서야 되겠습니까? 이것은 부모님이 물려주신 거라서 그냥은 드릴 수 없습니다."

"임금님이 하신 말씀이니, 그럼 함께 임금님 앞에 가 주게."

고아지는 금병풍을 가지고 남산왕의 성으로 갔다.

"금병풍을 네 집에 두느니, 이 성에 두어 성을 꾸미는 게 어떠냐?"

"아무리 임금님이시지만 그냥 드릴 수는 없습니다. 제가 원하는 것과 바꿔 주십시오."

"네가 원하는 게 무엇이냐?"

"우물로 바꿔 주십시오."

금병풍을 우물로 바꾼 고아지는 우물 앞에 간판을 세웠다.

"이 우물은 내 것이다. 이곳에서 물을 사용하는 자에게는 사례를 받겠다."

이 우물을 써야만 했던 시마지리(島尻) 사람들은 점점 생활이 곤란해졌다.

그 후, 후계자가 없던 왕은 사람들에게 물었다.

"누구를 다음 왕으로 정해야 할까?"

시마지리 사람들은 말했다.

"사시키의 고아지 말고는 남산왕이 될 사람은 없다."

이렇게 남산왕이 된 고아지는 삼산(三山)의 화목을 강조했다.

"이렇게 작은 류큐에 세 사람의 아지가 정립한다는 것은 좋지 않다."

남산의 왕위에 오른 고아지는 중산을 공격하여 멸망시키고, 그 다음에는 북산을 멸망시켰다. 마지막으로 고아지는 중산의 왕이 되었다.[2]

〈오키나와 요미탄〉

＊ 옛날, 어떤 아지의 딸이 결혼하기도 전에 아이를 낳았다. 아지의 딸은 동굴에서 출산하여 아기를 그곳에 버려둔 채 집으로 돌아오고 말았다. 하지만 계속 신경이 쓰였던 아지의 딸은 며칠 후 그곳에 가 보았다. 그랬더니, 동굴 안에서 수리가 아기를 따뜻하게 감싸고 개가 아기에게 젖을 먹이고 있었다. 그것을 본 아지의 딸은 자기가 낳은 아기가 보통 아이가 아니라는 사실을 깨닫고 아기를 데리고 돌아왔다. 아이가 성인이 되자, 아지의 딸은 아들에게 볏짚을 주었다. 아이는 그 볏짚을 미소로 바꾸고, 다시 미소를 철로 바꾸었다. 그것으로 농기구를 만들어 농업에 힘을 쏟았다. 나중에는 그 사람됨까지 인정받아 사시키(佐敷)의 고아지가 되었다.

〈오키나와 시마지리 코친다(東風平)〉

＊ 일본의 한 무사가 쇼하시가 무예에 뛰어나다는 소문을 들었다. 무사는 쇼하시와 겨뤄보기 위해 그를 찾아가던 중, 산책하러 나와 있던 쇼하시를 만났다. 무사는 그가 쇼하시인 줄도 모르고 거만한 태도로 쇼하시의 성으로 가는 길을 물었다. 쇼하시는 멀리 돌아가는 길을 알려주고는, 자기는 지름길로 먼저 와 무사를 기다렸다. 무사가 오자, 쇼하시는 삼백 근이나 되는 화로를 가볍게 들고 왔다. 무사 또한 화로를 쓰려고 했으나, 몸 가까이로 옮겨다 놓는 것조차 할 수 없었다. 두려워진 무사는 그냥 돌아가고 말았다.

〈오키나와 시마지리〉

---

2) 이가 곧 류큐 제1 상왕조의 시조인 쇼하시이다.

＊ 옛날, 사시키 신자토(新里)에 귀하게 자란 아름다운 여인이 살았다. 근처에는 사메카오누시의 젊은 아들이 살았는데, 우연히 서로 알게 되어 몇 번인가 만나는 사이 여인은 그만 임신하고 말았다. 여인은 동굴 속에 들어가 몰래 사내아이를 낳았다. 이 아이가 곧 후일의 쇼하시왕이다.　　　　〈오키나와 난조 다마구스쿠〉

26

쇼엔왕

쇼엔왕(尙圓王)[1] 의 탄생지는 이제나지마의 쇼미(諸見)이다. 그곳에는 쇼엔왕을 출산할 때 쓰였던 물을 길었던 샘도 있는데, 지금은 사람들이 기원을 올리는 장소가 되었다. 요즘은 그러지 않지만, 슈리에서 기도하러 오기도 했다. 쇼엔왕의 탯줄을 묻은 곳도 지금 있다. 밭 한가운데 돌 밑에 탯줄을 묻었는데, 농부가 밭을 갈 때 돌이 방해가 된다고 그것을 치워버렸다. 그랬더니 동티가 나서 다시 그것을 처음 자리로 돌려놓은 일도 최근에 있었다.

쇼엔왕은 스물 다섯 살까지 이 섬에서 살았는데, 평범한 백성이었지만 매우 덕이 있는 이였다. 지금 생각해보면, 그가 하는 일은 무엇이든 순조롭게 될 수밖에 없었다.

쇼엔왕이 경작하던 논은 쇼미의 한 골짜기에 있는 사카타(逆田)이라는 곳이었다. 쇼엔왕은 아무리 가물어도 물이 마르지 않게 열심히 농사를 지었다. 다른 사람들은 일은 안 하고 게으르게 놀

---

1) 류큐 제2 상왕조의 시조.

기만 하면서도, 불평을 늘어놓으며 쇼엔왕을 미워했다. 그래서 한창 일을 할 나이에 쇼엔왕은 이제나지마에서 쫓겨나게 되었다.

이제나지마에 살 수 없게 된 쇼엔왕은 부모와 함께 구니가미의 오쿠마(奧間)로 옮겼다. 그곳에서도 농사를 지었는데 역시 다른 사람들에 비해 너무나도 잘 되어서 또 미움을 받게 되었다.

어느 날 쇼엔왕이 쟁기를 만들려고 대장간에 갔는데, 대장장이가 귀띔을 해 주었다.

"가나마루[2], 자네는 이곳에서 도망쳐야만 해. 자네를 죽일 무기를 만들어달라고 하는 사람이 있었네. 어서 여기에서 도망치게."

쇼엔왕은 오쿠마에서 우치마(內間)[3]로 옮겨 고기잡이를 하며 살았는데, 낚시 바늘을 구부리지 않아도 생선이 잡힐 정도였다. 역시 그 정도로 덕이 있는 사람이었다.

이런 사람이 있다는 소문이 퍼져 슈리로 불려 올려진 쇼엔왕은 중국에서 오는 물건을 보관하는 창고의 책임자가 되었다가, 그 능력을 인정받아 나중에는 나라 살림을 모두 맡아보는 자리에까지 올랐다.

그 후, 오키나와는 왕위로 인한 내란이 일어나 차남이 몇 달 동안 왕 노릇을 하게 되었다. 그러나 그는 게으름뱅이여서 쫓겨나고, 삼사관(三司官) 회의에서 재리(財利)에 밝은 가나마루 쇼엔

---

2) 왕위에 오르기 전 쇼엔왕의 이름. 金丸.

3) 오키나와 중부 니시하라(西原)에 있는 마을. 쇼타이큐왕(尚泰久王)이 가나마루를 우치마의 영주로 임명한 이래, 가나마루는 쇼엔왕으로 즉위할 때까지 우치마에서 살았다. 현재 우치마 우둔(ウドゥン, 御殿)이 남아 있다.

이 왕으로 추대되었다. 오쿠마의 대장장이가 쇼엔의 목숨을 구해주었기 때문에, 오쿠마에 있던 재산은 그에게 물려주었다고 한다.

〈오키나와 이제나지마〉

이제나지마의 사카타

　*이헤야(伊平屋)의 한 어부가 고기를 잡으러 바다에 나갔다가, 파도 위를 떠다니는 상자 하나를 발견했다. 상자 안에는 남자 아이가 들어 있었다. 어부는 서둘러 집에 돌아가, 아이를 잃은 지 얼마 되지 않아 슬픔 속에서 살아가던 아내에게 보여주었다. 아내는 하늘이 내려주신 아이라고 기뻐하며 소중하게 길렀다. 성인이 된 아이는 농업을 시작했다. 가뭄이 극심할 때에도 그의 논에는 늘 물이 가득했다. 마을 사람들이 그를 질투했는데, 오쿠마 대장장이의 도움으로 도망칠 수 있었다. 후에 왕이 된 그는 그 은혜를

잊지 않고 대장장이를 구니가미의 지토(地頭: 지방의 책임자)로 임
명하였다.

〈오키나와 구니가미〉

이제나지마의 가나마루 상. 손끝이 오키나와 본도를 향해 있다.

제2 상왕조의 시조 쇼엔왕

제1 상왕조 쇼타이큐왕에게 중용되었던 가나마루는 쇼토쿠왕 때 은 거하였다가 쇼토쿠 사후 세자를 옹립하는 대신 왕위에 오른다. 이것이 제2 상왕조의 시작이다. 제1 상왕조의 멸망과 제2 상왕조의 성립 계기 는 가나마루의 쿠데타일 것으로 짐작되고 있지만, 류큐의 역사서는 이 를 쇼토쿠의 실정(失政)으로 인한 군신(群臣)들의 추대로 묘사하고 있 다. 류큐 사서(史書) 『중산세보』(채온본)를 보자.

(…) 이후 왕[쇼토쿠]의 포학이 날로 심해졌다. 가나마루가 거듭 간해 도 듣지 않았다. 성화 4년 무자(戊子) 8월 초9일, 54세의 가나마루는 하늘을 우러러 탄식하며 자리에서 물러나 우치마(內間)에 은거하였다.

다음 해 을축 4월, 왕이 세상을 떠났다. 당시 법사가 세자를 왕위에 세우려고 전례에 따라 군신을 궁궐의 뜰에 모아놓고 이 일을 알렸다. 군신들은 모두 법사의 권세가 두려워 잠자코 아무 말도 하지 않았다. 홀연, 머리가 눈처럼 하얗게 센 늙은 신하가 몸을 일으켜 큰 소리로 말하였다.

"국가는 곧 만성(萬姓)의 국가이지 한 사람의 국가가 아니다. 내가 선왕 쇼토쿠의 행위를 볼진대, 포학무도하여 조종의 공덕을 생각지 않 고 신민(臣民)의 간고(艱苦)를 돌아보지 않았을 뿐 아니라 조정의 기강 을 폐하고 전법(典法)을 무너뜨렸다. 망령되이 양민을 죽이고 현신(賢 臣)도 함부로 죽였다. 국인(國人)이 모두 원망하고 천변(天變)이 거듭 되니, 선왕의 죽음은 스스로 초래한 것이고 하늘이 만백성을 구하신 것이다. 다행히 오사스소바(御鎖側) 관직에 있던 가나마루는 어질고

도량이 큰 데다 은덕을 겸하여 그것을 사방에 베풀었으니 백성의 부모가 될 만하다. 이 또한 하늘이 우리의 군주를 내려주신 것이다. 마땅히 이때를 틈타 세자를 폐하고 가나마루를 왕위에 세움으로써 하늘과 사람의 바람을 따라야 한다. 어찌 그러지 않을 수 있겠는가?"

말이 채 끝나기도 전에 만조의 신하들이 한목소리로 동조하니, 그 소리가 천둥이 치는 것 같았다. 귀족과 근신들이 그 변고를 보고 앞을 다투어 도주하였다. 왕비와 유모는 세자를 안고 마다마구스쿠(眞玉城)에 숨었는데, 병사들이 추적하여 죽였다.

군신들은 [임금이 타는] 봉연(鳳輦)과 [임금이 입는] 용의(龍衣)를 받들고 우치마에 가서 가나마루를 영접하였다. 가나마루가 크게 놀라 말하였다.

"신하로서 군주의 자리를 빼앗는 것이 충(忠)인가? 아랫사람이 윗사람을 배반하는 것이 의(義)인가? 너희는 마땅히 슈리로 돌아가 귀족 중에서 현덕이 있는 이를 택하여 군주로 삼으라."

말을 끝내고 눈물을 비처럼 흘리며 고사하여 일어나지 않더니, 또 해안으로 피하여 숨었다.

군신들이 쫓아가 간절히 청하였다. 가나마루는 어쩔 수 없어 하늘을 우러러 크게 탄식하고는, 마침내 야복(野服)을 벗고 용의를 입었다. 슈리에 이르러 대위(大位)에 올랐으니, 중산(中山)이 만세왕통(萬世王統)의 기초를 열었다. (…)

27

유리와카다이진

유리와카다이진(百合若大臣)은 이레 밤낮을 하루쯤으로 여기는 대단한 잠꾸러기였다. 유리와카다이진에게는 아름다운 아내가 있었는데, 다이진의 부하들은 주인의 아내를 자기 아내로 삼으려고 호시탐탐 기회를 엿보고 있었다.

부하는 잠꾸러기 유리와카다이진이 자고 있을 때 그를 뗏목에 태우고 나무로 여섯 자 길이의 칼을 만들어 그의 몸에 채우고는 바다로 떠내려 보냈다. 유리와카가 눈을 떴을 때는 이미 멀리 떨어진 섬에 닿은 후였다. 유리와카는 어쩔 수 없이 여섯 자 칼의 길이가 다섯 치가 될 때까지 조개를 파서 그것을 먹고, 해변에 올라온 조개껍질에 물을 받아 마시며 살아갔다.

그러던 어느 날, 커다란 새가 날아와 바위 위에 앉았다. 돌을 던져도 날아갈 생각을 하지 않기에 유리와카다이진은 조금씩 조금씩 가까이 가 보았다. 그런데 그 새는 옛날 자기가 키우던 새가 아닌가! 새의 발에는 종이가 끼워져 있었다. 그것은 유리와카다이진의 아내가 남편을 찾아 새에게 묶어 보낸 편지였다. 편지를 읽고 난 유리와카다이진은 눈물을 흘리면서 손가락을 잘라 피를 내어 답장을 보냈다. 유리와카다이진의 아내는 남편이 무사히 살아 있다는 것을 알게 되어 너무나 기쁜 나머지 눈물을 흘렸다. 그 후, 아내는 종종 새를 시켜 유리와카다이진에게 먹을 것을 가져가게 했다.

그러던 어느 날이었다. 유리와카다이진은 새가 오지나 않을까 하여 바다에 나가 기다리고 있었다. 아니나 다를까, 멀리서 새가 날아오는 것이 보였다. 유리와카다이진은 무척 기뻤다. 그런데 갑자기 날씨가 궂어지며 비바람이 몰아치는 게 아닌가? 걱정이 된 유리와카다이진은 새가 무사히 도착하기를 염원하며 기다리고 또 기다렸다. 그러나 다음 날, 새는 죽은 채로 해변으로 떠내려왔다. 유리와카다이진은 슬픔에 탄식하며 새를 묻고 비문을 세워 장사를 지냈다. 그래서 지금도 이 마을에서는 일 년에 한 번 제사를 지낸다.

유리와카다이진은 어떻게 하면 고향에 돌아갈 수 있을까 생각하며 매일같이 바다를 바라보았다. 어느 날, 배 한 척이 바다 멀리에서 떠오는 것이 보였다. 유리와카다이진이 바위 위에 올라가 큰 소리를 지르자, 다행히도 사람이 있다는 것을 알아챘는지 배는 섬 가까이로 다가왔다. 유리와카다이진은 헤엄을 쳐 배 근처까지 가서 태워달라고 부탁했다.

"너는 귀신이 아니냐? 태워줄 수 없다."

"저는 사람입니다. 제발 부탁이니 태워 주십시오."

간절히 애원한 끝에 유리와카다이진은 결국 배에 탈 수 있었다.

유리와카다이진은 고향 섬으로 돌아가 자기가 살던 옛집으로 갔다. 하지만 그곳은 문지기가 지키고 있어서 자유로이 안으로 들어갈 수 없었다. 유리와카다이진은 문지기들에게 안으로 들여보내달라고 떼를 썼다. 문지기들은 어쩔 수 없이 주인에게 이런 사실을 고했다.

"그렇게 들어오고 싶어 한다면 일단은 들여보내라."

유리와카다이진이 만난 주인은 바로 유리와카다이진을 함정에 빠뜨렸던 사람이었다. 유리와카다이진은 주인에게 말했다.

"옛날 이 곳에 유리와카다이진이라는 사람이 살았다지요? 그 사람이 쓰던 갑옷이며 담뱃갑, 칼 등 훌륭한 물건이 있다는 말을 듣고 한 번 보기 위해 왔소이다."

주인은 그가 유리와카다이진이라고는 생각조차 못하고 부하들에게 그것들을 가져오라고 명했다. 7,8인이나 되는 사람들이 겨우 운반해 오자, 유리와카다이진은 마침내 날카로운 눈빛으로 그들을 쏘아보았다.

"너희들은 나를 잊었느냐!"

갑옷을 떨쳐입은 유리와카다이진이 칼을 차고 몸을 한 번 떨자, 갑옷이며 칼에 붙어있던 녹들이 모두 떨어져나갔다. 유리와카다이진은 그를 죽이려 했던 자들을 단숨에 해치워버렸다.

사랑하는 아내와 다시 행복하게 살게 된 유리와카다이진은 옛 일을 잊을 수 없던 아내와 의논하여 자신의 목숨을 구해 준 섬을 위해 열 네댓 명의 야마토 사람을 그 섬-민나지마(水納島)-에 옮

겨 살게 했다고 한다. 〈미야코 민나지마〉

* 자식이 없던 한 부부가 나라 안의 신사(神社)를 순례하며 기자
치성을 올리고 있었다. 마지막 신사에서 치성을 올리자, 신사의
승려가 폭포의 백합을 베개 맡에 놓고 잠을 자라고 가르쳐 주었
다. 부부가 그 말에 따랐더니 남자 아이가 태어났다. 그래서 그
이름을 유리와카('유리'는 '백합'이라는 뜻)라고 지었다.

성장한 유리와카는 활쏘기에 매진하며 두 필의 말을 길러 마을
을 다스렸다. 어느 날, 유리와카는 수하를 이끌고 전쟁에 나갔다
가 돌아오는 길에 어느 외딴 섬에 들렀다. 유리와카가 잠을 자는
사이, 유리와카의 부장은 수하들을 이끌고 섬을 떠나 버렸다. 홀
로 남겨진 유리와카는 어쩔 수 없이 매일 조개를 잡아먹으며 목숨
을 이어 나갔다.

어느 날, 매 한 마리가 유리와카의 섬에 날아왔다. 유리와카는
손가락을 잘라 피를 내어 매의 가슴에 전갈을 써서 날려 보냈다.
유리와카의 아내는 길쌈을 하다가 매 한 마리가 와서 앉는 것을
보았다. 자세히 보니 그 가슴털에 남편의 전갈이 있는 게 아닌가.
아내는 둥근 경단을 만들어 새에게 날려 보냈다.

그러나 매는 경단이 무거워 그만 물에 빠져 죽고 말았다. 매의
사체는 유리와카가 있는 곳까지 흘러들었다. 매의 죽은 몸에 구더
기가 슬자 물고기 떼가 몰려들었는데, 고기잡이배가 고기 떼를
좇아 그곳에 이르렀다. 어부는 유리와카의 모습을 보고 신인지
인간인지 의심하다가, 유리와카가 물고기를 먹는 것을 보고 비로

소 인간임을 알고 데리고 돌아왔다.

　유리와카는 더러운 몸 그대로 걸인의 모습을 하고 자기 집을 찾아가 하룻밤 재워줄 것을 청했다. 아내는 남편이 돌아온 줄도 모르고 걸인의 부탁을 거절했다. 유리와카는 다시 등을 씻어달라고 했다. 아내는 세 번이나 거절했으나 결국에는 어쩔 수 없었다. 걸인의 등을 씻어주려 하다가, 유리와카의 아내는 그 등에 커다란 반점이 있는 것을 보고 걸인이 유리와카인 것을 비로소 알아차렸다. 유리와카의 아내는 놀란 나머지 그만 죽고 말았다.

　아내는 남편을 잊었지만, 두 필의 말은 유리와카를 잊지 않고 앞발을 들며 맞았다고 한다. 〈아마미 오시마 나제〉

　* 한 주군이 옆에 둘 사람을 선발하는데, 어떤 형제와 유리와카다이진 세 명 중에서 한 사람을 뽑게 되었다. 형제는 자신들이 선발되고 싶은 마음에 유리와카다이진을 무인도로 유인해 홀로 남겨두고는 돌아와 버렸다.

　4년 동안 무인도에서 목숨을 이어나간 유리와카다이진은 그 겉모습마저 변할 정도였는데, 어선의 도움으로 다시 돌아와 주군에게 고용되었다. 어느 날, 유리와카다이진은 우연히 자신을 버리고 떠났던 형제와 함께 들놀이를 나갔다. 유리와카다이진은 자기가 쓰던 활을 빌려 두 사람을 쏘아 죽였다. 사연을 들은 주군은 유리와카다이진을 옆에 둘 사람으로 정하였다. 〈오키나와 구시가와〉

　* 옛날, 히가와(比川) 마을에 한 남자가 살고 있었다. 그를 질투

한 친구들은 고기잡이를 가자고 꾀어서는 남쪽 섬에 남자만을 두고 돌아와 버렸다. 홀로 남은 아내는 개를 풀어 섬 안을 샅샅이 찾게 하고, 매를 풀어 섬 밖을 찾아보게 하였다. 매는 남쪽 섬에서 남자를 발견하여 남편의 전갈을 아내에게 전했다. 이렇게 해서 매는 매일같이 아내가 마련한 곡물 가루를 그 남편에게 가져다주었다.

그러던 어느 날, 큰 비가 내려 매가 운반하던 곡물 가루가 그만 물에 흠뻑 젖었다. 매는 그 무게를 이기지 못하고 남쪽 섬 해안에서 죽고 말았다. 그 사체를 발견한 남편은 묘를 만들어 후하게 장사를 지내주었다.

이후 남자는 매일같이 해안에 나가 고기를 잡아 목숨을 이어나가고 있었다. 그러던 어느 날, 해안에 상어가 나타났다. 남자는 상어의 등에 타고 히가와로 돌아왔다. 그래서 그 집에서는 지금도 상어를 먹지 않는다고 한다. 〈야에야마 요나구니지마〉

28

요노누시가나시

요노누시가나시(世の主加那志)는 오키노에라부지마(沖泳良部島)의 왕인데, 아직도 그 성터며 무덤이 우치지로(內城)에 남아 있다.

옛날 약 600년 전 류큐 시대의 이야기다. 당시 마을에는 '누루(노로)'라는 직책이 있었다. 누루는 여신관(女神官)인데, 에라부지마의 공물을 북산왕(北山王)[1]에게 바치는 것도 맡은 일 중의 하나였다. 누루는 미혼의 아름다운 소녀 중에서 고른다. 또, 누루 직책을 그만두고 새로운 누루와 교대할 때에는 북산왕이 있는 곳까지 가서 새로운 사령서(辭令書)를 받아야 했다.

그 무렵, 우치지로(上城)의 어느 누루가 공물을 가지고 북산왕에게 갔다. 누루는 누루 직책을 교대할 겸 자신의 조카인 14,5세 남짓되는 아름다운 처녀를 함께 데리고 갔다. 북산왕은 그녀를 '나카누루'에 임명하는 사령서를 주었는데, 그녀의 아름다움에 반

---

1) 류큐 왕조가 오키나와 전역을 통일하기 전 오키나와는 북산(北山), 중산(中山), 남산(南山)의 세 정치 세력이 정립하고 있었는데, 이 시기를 삼산(三山) 시대라고 한다. 북산왕은 나키진을 거점으로 했다는 북산의 지배자를 가리킨다.

해서 그녀를 아내로 삼게 되었다.

왕 옆에서 즐겁게 지내던 나카누루는 어느 사이엔가 임신을 하였다. 해산날이 다가오자, 그녀는 고향 에라부지마에 돌아가 양친이 있는 곳에서 아이를 낳으려고 배를 타고 에라부지마를 향해 떠났다. 처음에는 야코모(屋子母) 항구에 내리려 했으나, 그곳 사람들이 올해는 시니구이 마쓰리를 지내는 해여서 임신한 여자는 부정을 타서 안 된다고 거절했다. 다음으로 스미요시(住吉) 항으로 들어갔지만 그곳에서도 역시 시니구이 마쓰리를 지내는 해여서 임신한 부정한 여자의 상륙은 허락할 수 없다고 거절당했다.

해가 점점 저물어 밤이 되자, 산기를 느낀 그녀는 이번에는 고향 오키도마리 항에 내리려고 그곳으로 향했다. 오키도마리 항구에서 몰래 내린 그녀는 집으로도 가지 못하고 그만 근처의 밭두둑에서 몸을 풀었다. 태어난 아이는 사랑스러운 남자 아이였다. 그날 밤은 하필 비가 내렸다. 도롱이를 우산삼고, 되는대로 돌로 화덕을 만들어 물을 끓여서 무사히 출산할 수 있었다. 이렇게 태어난 아이가 바로 '요노누시가나시'이다. 이 밭은 현재 시모지로(下城) 마을 안에 있는데, 당시의 돌 화덕이 소중하게 보존되고 있고, 근세에는 마을 사람들이 성스러운 유적이라 하여 신사를 세웠다. 이 신사는 '요노누시' 신사라 하며, 화덕의 돌을 신체(神體)삼아 제사를 지내고 있다.

쑥쑥 자라난 요노누시가나시는 북산왕의 차남이었기에, 중산왕의 공주를 아내로 맞게 되었다. 두 사람은 부군(父君)인 북산왕의 명에 의해 오키노에라부지마를 다스리게 되었다. 처음에는 다

마시로(玉城) 마을의 후바도(金の塔)라는 곳에 집을 짓고 살았다. 그즈음, 오오지로(大城) 마을의 히야(百, ひゃ一)라고 하는 사람과 함께 바다에 나가 고기잡이를 하곤 했는데, 어느 날 그가 고시야마(越山) 방향을 가리키며 말하기를, '저 곳은 우리 마을의 소유지인데, 왕이 살기에 안성맞춤이다'라고 하였다. 요노누시가나시도 마음에 들어, 구라루마고하치(고란마고하치, 後蘭孫八)[2]에게 일을 맡겨 3년 간의 축성 공사 끝에 그곳에 살게 되었다.

그러던 중 동쪽에 멀리 떨어져 있는 기비루(喜美留) 해안에서 매일 밤 무언가가 번쩍번쩍 빛났다. 요노누시가나시는 사자를 그 마을에 보내 무슨 일인가 알아보았다. 마을에 사는 센조(扇丈)이라는 사람이 고기를 잡으러 갔다가 고기 대신 일본도 하나를 건져 올려 집으로 가져왔는데, 도마 위에 고기를 올려놓고 그것으로 자르면 도마까지 잘리고 고기 부스러기나 쪼아 먹을까 하여 그것을 모여든 새들을 향해 휘두르면 칼날에 닿지도 않았는데 새 목이 잘려나가는 희한한 칼이었다. 건드리지도 않았는데 아이들이 다치자 어부는 다시 바다에 던져버리려고 커다란 바위를 내리쳤는데, 그만 바위가 두 쪽이 나고 말았다. 어찌되었든 칼을 다시 바다에 던져 버렸는데, 그 칼이 매일 밤바다 속에서 번쩍번쩍 빛나고 있다는 거였다. 요노누시가나시는 자신이 가질 요량으로 다시 사자를 불러 그 칼을 건져 오게 하였다. 요노누시가나시는 매우 기뻐하며 그 칼을 '기비루나츠쿠미'라고 불렀다.

마침 그 때, 요노누시가나시의 부하 중에 스미요시(住吉) 마을

2) 축성(築城)에 뛰어났다고 하는, 다이라 가문(平家) 후손으로 알려져 있는 인물.

에 사는 사람이 있었다. 그에게는 경주용 말이 두 필 있었는데, 요노누시가나시가 그 말을 보고는 매우 탐이 나서 달라고 했다. 부하는 한 필은 드릴 수 있으나 나머지 한 필은 자신도 필요하기에 양해해 달라고 대답했다. 그러나 요노누시가나시가 두 필 모두 필요하다고 하니, 어쩔 수 없이 두 필 모두 바치지 않을 수 없었다. 두 마리의 말을 빼앗긴 부하는 화가 나서 오키나와의 중산왕(中山王)에게 가서 에라부의 요노누시가나시의 일을 고해바치며 명검 기비루나츠쿠미에 대해서도 상세히 아뢰었다.

이 이야기를 들은 중산왕은 그 칼이 갖고 싶어서 곧바로 에라부지마의 요노누시가나시에게 사자를 보냈다. 칼을 양보해 줄 수 없는지 물었으나 요노누시가나시는 자기가 이런 작은 섬을 다스려 나갈 수 있는 것은 이 칼 덕분이라며 거절했다. 중산왕의 사자는 할 수 없이 오키나와로 돌아왔지만, 중산왕은 좀처럼 포기할 수 없어 여러 가지로 생각을 짜낸 끝에 어떤 방법으로든 훔쳐내기로 계획을 세웠다. 그래서 이번에는 지혜로운 젊은 여자를 에라부지마에 몰래 보내어 요노누시가나시 집안의 몸종으로 들여보냈다. 명검이 보관된 장소를 알아낸 몸종은 그것을 훔쳐내어 중산왕에게로 가져갔나.

그 때 오키나와는 중산왕, 남산왕, 북산왕이 각각 세력을 다투고 있었는데, 그중에서도 중산왕의 세력이 특히 강하여 북산왕도 결국은 멸망하고 말았다. 이런 사정을 잘 알고 있던 요노누시가나시는 북산왕의 차남인 자신을 중산왕이 공격해오지 않을까 매일같이 걱정하고 있었다. 얼마 후, 오키나와 중산왕의 배 몇 척이 오키노에라부지마에 이르렀다. 요노누시가나시는 부하 둘을 보내어 배가 온 목적을 알아본 후 친선을 위해 온 것이라면 깃발을 높이 올리고, 만약 싸우기 위해 온 것이라면 깃발을 들지 말고 급히 돌아오라고 명했다. 두 사람이 급히 항구로 가서 사정을 알아보니, 그것은 군선(軍船)이 아니라 친선을 위한 사절단의 배였다. 극진히 대접을 받으며 마음을 놓은 두 사람은 완전히 취해서, 깃발을 올리기로 한 약속을 까맣게 잊고 말았다.

한편 성에 있던 요노누시가나시는 깃발이 올라오기만을 이제나저제나 기다리고 있었다. 하지만 깃발은 전혀 보이지 않았다. 틀림없이 전쟁을 위해 온 배이고, 두 사람은 이미 살해당했을 것이라고 생각한 요노누시가나시는 작은 섬이 큰 나라를 상대하는 것은 무리라고 여겨 보검을 없앴다. 아내를 비롯한 성 안의 사람들도 모두 스스로 죽음을 택하기에 이르렀다.

그 와중에 다섯 살배기 장녀와 세 살배기 장남의 유모 마스가네는 아이들을 데리고 성 밖으로 도망쳐서 때마침 해안에 있던 도쿠노시마(德之島)의 배에 올라 그곳으로 달아났다. 이 사건으로 에라부지마를 다스리는 자가 없어져 버렸기에, 그 후부터 중산왕이 자신의 영지로 삼아 관리를 두어 에라부지마를 통치하게 되었다. 이로써 에라부지마도 다시 평온해지자, 섬의 관리들이 도쿠노시마에 있던 왕의 자손들을 에라부지마로 맞아들였다. 그 후 중산왕의 등용에 의해 그 자손들도 대대로 관직을 맡게 되었다.

한편, 남매 중 누이는 공주였기 때문에 결혼 상대가 없어 평생 홀로 살았다고 한다. 요노누시가나시의 성터는 현재의 요노누시

신사이다. 그 성터의 높은 뜰에 서서 바다와 동쪽 기비루 해안과 성 주변을 보고 있으면, 당시의 모습이 상상되면서 고란마고하치의 축성기술이 얼마나 위대했는가를 느낄 수 있다. 요노누시가나시의 묘는 신사의 남서쪽에 있는데, 과연 왕의 묘답다.

〈아마미 오키노에라부지마 지나(知名)〉

29

철인 이야기

다케토미지마 섬의 네레칸두

다케토미지마(竹富島)의 네레칸두(根原神殿)는 매우 뛰어난 머리와 힘을 지닌, 빼어난 이였다.

네레칸두는 요나구니지마에서 용모가 아름다운 여인을 발견하고, 밤이 되면 배를 띄워 요나구니지마에 가서 그 여인과 함께 자다가 다시 배를 타고 날이 채 밝기 전에 다케토미지마로 돌아가곤 했다.

네레칸두의 행동을 본 요나구니지마 사람들은 깜짝 놀랐다. 어떻게든 붙잡아 죽이지 않으면 요나구니 섬은 그에게 정복되어 완전히 그의 것이 되어버릴지도 모른다고 걱정한 요나구니지마 사람들은 네레칸두를 죽이려고 의논을 했다. 누가 그를 죽일 것인가 하는 문제에 이르자, 네레칸두의 첩이 해야 한다는 결론에 이르렀다. 네레칸두와 함께 자니까, 그 틈에 죽일 수 있겠다고 생각한 것이다. 마을의 장로는 네레칸두의 첩을 불러 말했다.

"네가 네레칸두를 죽여야 한다. 네가 그를 죽인다면, 너를 쓰카사(司)로 삼으마."

당시 쓰카사가 된다는 것은 대단한 명예였기에, 첩은 기꺼이 그러겠다고 대답했다.

밤이 되어 네레칸두가 찾아오자, 그녀는 칼로 자고 있는 네레칸두를 찔렀다. 그러나 그의 몸은 쇠로 되어 있었기 때문에, 도무지 칼을 꽂을 수가 없었다. 그나마 부드러운 목에 겨우 칼을 꽂을 수 있었다.

칼에 찔린 네레칸두는 방에서 뛰쳐나가 쇠지팡이에 의지하여 마을 길 한가운데 힘주어 섰다. 그것을 본 요나구니지마 사람들은 너무도 놀란 나머지 지레 죽어버린 사람이 있는가 하면 고열에 시달린 사람도 있었다.

네레칸두는 일주일이나 계속 서 있었다. 그가 아직 죽지 않았다고 생각한 요나구니 사람들은 전전긍긍할 뿐이었다. 그러는 가운데 네레칸두의 입에서 구더기가 나왔다. 지붕 위며 나무 위에서 네레칸두를 보고 있던 요나구니 사람들은 또 놀라서 땅으로 떨어졌다. 그래서 죽은 이도 부지기수다. 입에서 하얀 구더기가 나오는 것을 보고는, 그가 쌀을 씹고 있는 것으로 생각했던 것이다.

열흘 정도 지나자, 쇠지팡이를 의지하여 서 있던 네레칸두는 그만 쓰러져 버렸다. 그것을 보고 또 많은 사람들이 놀라 죽었다고 한다.

〈야에야마 다케토미지마〉

기베 철인

옛날, 킨(金武)의 나미사토(竝里) 마을에 기베(儀部)라는 집안이 있었다. 그 집 며느리가 임신을 했는데, 건장한 아들을 낳고 싶어 배가 커질 무렵부터 쇳가루를 먹었다. 그렇게 해서 태어난 아이는 몸 절반이 쇠로 만들어져 있었다. 코며 귀, 입, 눈 정도가 보통 사람과 같을 뿐이었다.

그 아이는 자라면서 점점 강해져서, 이곳저곳의 전쟁에 나가 적들을 패퇴시켰다. 적병들이 칼로 찌르려 해도 오히려 그 칼이 부러져버릴 정도였다. 그래서 킨 마을에서는 최고로 강한 사람이라고 모두의 칭송을 받았다.

이 이야기를 들은 슈리(首里)의 임금은 기베 철인(鐵人)을 자신의 부하로 삼았다. 나키진(今歸仁)이나 나카구스쿠(中城)[3]와 전쟁을 할 때, 철인의 활약으로 승리했다고 한다. 사츠마와의 전쟁[4] 때에도, 사츠마 군대가 소총을 쏘아대며 공격했지만 기베 철인은 꿈쩍도 하지 않았다. 그러나 결국 총탄이 철인의 입으로 들어가 머리에서부터 피가 줄줄 흘러내리는 바람에 철인은 죽고 말았다. 이것이 기베 철인의 최후라고 한다. 〈오키나와 킨〉

* 어떤 여인이 뜻하지 않게 아이를 임신하자, 유산을 시키려고

---

3) 나키진, 나카구스쿠는 류큐 왕조가 통일 왕권을 확립하기까지 패퇴시켜야 했던 아지 세력의 근거지들이다.
4) 사츠마의 류큐 침공을 가리킴. 이를 분기점으로 류큐 왕조는 일본 막부 정권의 영향 하에 놓이게 된다.

철을 삶아 마셨다. 그랬더니 몸이 쇠로 만들어져 칼로도 벨 수 없는 아이가 태어났다. 아이는 초후군 우야가타라고 불리는 호걸이 되었다. 땔감을 하러 가면 아무런 도구 없이 나무를 뿌리째 뽑아낼 정도로 힘이 세었다.

사츠마(薩摩)가 오키나와와 싸울 때였다. 사츠마는 초후군 우야가타가 있는 한 이길 수 없다고 생각하고 초후군 우야가타의 시종에게 뇌물을 주었다. 시종은 우야가타의 수염을 깎을 때 목을 베어 우야가타를 죽였다. 목은 우야가타의 신체에서 유일하게 철로 되어 있지 않은 부분이었다.

사츠마 군대는 다시 공격해 왔다. 사람들은 초후군 우야가타의 시신을 슈리죠(首里城) 성문에 세웠다. 내장은 부패했지만, 몸이며 수족은 철로 되어 있었기 때문에 마치 동상(銅像)과 같았다. 사츠마 군대는 초후군이 살아서 망을 보고 있다고 생각하고 어쩔 줄 몰라 당황했다고 한다. 이렇게 해서 초후군 우야가타는 '살아서 천 명, 죽어서 천 명'이라고 말해진다.

〈오키나와 요미탄 기나(喜名)〉

사츠마의 류큐 침공

임진왜란을 일으켰던 토요토미 히데요시가 죽자, 도쿠가와 이에야스가 실권을 잡고 에도 막부(江戸幕府) 시대를 열었다. 때마침 류큐의 배가 일본에 표착하자, 도쿠가와 이에야스는 사츠마(薩摩, 현재의 가고시마 현에 있던 지명)의 번주(藩主) 시마즈 씨(島津氏)에게 류큐인을 송환하고 류큐왕이 막부에 조공하게 하라고 명한다. 임진왜란으로 가로막힌 명(明)과의 교섭로를 류큐를 통해 확보하고자 하는 것이 주된 의도 중의 하나였다.

류큐가 이에 응하지 않자, 1609년 3월 시마즈 씨는 3000 명의 군사와 백여 척의 배로 류큐를 공격하였다. 아마미 오시마, 도쿠노시마, 오키노에라부시마를 거쳐 오키나와 북부 운텐코 항구에 상륙한 시마즈 군대는 슈리죠 성을 점거하고 쇼네이(尚寧) 왕과 중신들을 포로로 삼아 사츠마로 개선하였다. 이후 아마미 지역은 시마즈의 영토로 할양되고, 오키나와 제도 이남(以南)만이 류큐 왕조의 영토로 남았다.

왕국은 유지되었지만, 이후 류큐 왕조는 시마즈에 공물을 바치는 등 그 직접적인 영향을 받았다.

* 다메토모(爲朝)는 나키진(今歸仁)의 세리캬쿠(勢理客) 노로와의 사이에 아들 한 명을 두었다. 세리캬쿠 노로는 신녀(神女)의 몸으로 회임했다는 사실이 부끄러워 아이를 유산하고자 다메토모가 지니고 있던 철을 삶아 마셨지만, 결국 유산을 하지는 못했다.

이렇게 해서 태어난 아이는 피부가 쇠처럼 단단하였다. 다만 목의 관절만이 보통 피부일 뿐이었다. 성장함에 따라 무용(武勇)이 뛰어났고, 화살을 맞더라도 상처 하나 생기지 않아 나키진의 아지가 되었다. 이름을 다이슌(大舜)이라 하는데, 곧 슌텐(舜天)의 형이다.

리유(利勇)가 북산을 공격할 때였다. 다이슌 때문에 좀처럼 이길 기미가 보이지 않자 리유는 밀사를 보냈다. 밀사는 몰래 다이슌의 머리카락을 깎아 부드러운 부분을 알아내어 다이슌을 죽였다. 다이슌이 죽자 리유는 다시 북산을 공격했다. 그런데 다이슌이 성문에 앉아 보리밥을 먹고 있지 않은가! 그 모습을 본 리유의 군대는 놀라 허둥지둥 물러났다.

다이슌을 무덤에서 꺼내어 성문에 세우자 구더기가 입 안에 가득한 것이었는데, 이를 멀리서 보고 보리밥을 먹고 있다고 오인한 것이었다. '살아서 천 명, 죽어서 천 명'이라는 말은 여기에서 비롯된 것이다.

〈오키나와 나키진〉

류큐사의 역신(逆臣) 리유

류큐의 사서(史書)에 따르면 리유는 천손씨 왕통의 왕위를 찬탈한 역
신이다. 구비 설화에 나오는 리유의 북산 공격, 슌텐의 형 다이슌 등은
정사(正史)에는 등장하지 않는다. 채온(蔡溫)이 정리한 류큐 관찬 사서
『중산세보(中山世譜)』는 리유를 천손씨 국왕을 시해하고 왕이 되었다
가 슌텐왕에게 토벌당한 역신으로 기록하고 있다.

㈜천손씨(天孫氏: 류큐 중산 왕조의 시조왕) 25대에 이르자 왕의
덕이 쇠미하고 정치가 쇠약해졌다. 권신(權臣) '리유'라는 자는 군
은(君恩)을 입어 젊은 나이에 근시관(近侍官)에 임명되었는데, 장
년에 이르자 국정을 전단(專斷)하였다. 자기를 따르는 자에게는
상을 주고 거스르는 자에게는 벌을 주니, 그 위세가 날로 성하여
나라 사람들이 그를 호랑이처럼 두려워하였다. 리유는 틈을 타
내전에 들어가서 군주를 시해하고 스스로 국군(國君)이라 칭했다.

이 때 손톤(후일의 슌텐왕)은 스물 두 살이었는데, 비할 데 없는
영웅이었다. 손톤이 의병을 일으키니, 사방에서 메아리처럼 응답
해 왔다. 손톤은 의병들을 이끌고 가 리유의 성을 에워싸고 그
죄를 물었다. 리유가 성을 내며 말하였다.

"선군(先君)은 덕이 없어 내가 천명을 받들어 국군이 되었다.
너는 한낱 필부로서 어찌 감히 함부로 병사를 일으키는가?"

손톤이 크게 노하여 말하였다.

"너는 어려서부터 깊은 국은을 입었으니 충성을 다해야 마땅

하다. 그런데 어찌 천명을 거역하고 왕위를 찬탈하는가? 내가 지금 의(義)를 일으켜 너를 죽임으로써 많은 사람들의 원한을 갚으리라."

말을 마친 손톤은 군병을 재촉하여 일제히 성을 공격하였다. 리유는 병사들에게 항전하라 하였지만 화살과 돌이 비 오듯 쏟아졌다. 손톤이 무용을 떨쳐 성문을 격파하니 제군이 기세를 타 성 안으로 돌입하였다. 어찌해 볼 도리가 없었던 리유는 마침내 처자를 죽이고 스스로 목을 베어 죽었다. 나라 사람들이 크게 기뻐하며 모두가 손톤을 왕으로 추대하였다.

30

요론의 영웅

아지운케

아주 오래된 옛날 일이다. 한 여인이 집터 북쪽 밭에 조를 심고 있었다. 그런데 어느새 하늘이 캄캄해지면서 커다란 천둥소리가 들리더니 큰 비가 쏟아졌다. 여인은 밭 북쪽에 있는 동굴에 들어가 비가 개기를 기다리다가 그만 잠이 들어버렸다. 그런데 동굴 안에서 바스락대는 소리가 들렸다. 깜짝 놀란 여자가 눈을 떠보니, 나이가 한 여든은 되어 보이는 백발노인이 황금 지팡이를 들고 서 있다가 사라져 버렸다. 여인은 꿈을 꾼 것이었다.

"이상한 꿈도 다 있네."

이 일이 있은 후, 여인은 임신을 하고 열 달 후에 아이를 낳았다. 태어난 아이는 머리숱이 유난히 많고, 눈은 반짝반짝 빛나고, 이도 이미 나 있었다. 여자는 그 아이가 부끄러웠다.

"이 아이는 귀신의 아이임에 틀림없다."

여자는 이상한 노인을 만났던 동굴 앞 밭두둑에 아이를 묻어버렸다. 그러나 그날 밤부터 매일같이 이레 동안이나 불빛이 번쩍거리고 어린아이의 울음소리가 들렸다.

"이렇게 신기한 일이 어디 있을까. 이것은 아마 신령님의 뜻일 거야. 이대로 놔두면 분명 신령님의 저주가 있겠지."

여드레째 되는 날, 여자는 아이를 묻었던 밭으로 가 보았다. 밭이 크게 갈라져 있고, 그 안에서 어린아이가 울고 있었다.

"이것은 신령님의 벌임에 틀림없어. 빨리 아이를 꺼내야지."

여자는 아이를 꺼내고는 '아지운케'라 이름지었다. 아지운케의 어머니는 임신해 있는 동안 익힌 음식은 전혀 먹지 않고 매일같이 생쌀이나 날 것만 먹었다고 한다. 아지운케가 7,8세 정도가 되었을 때, 그는 이미 강한 근성으로 15,6세 정도의 남자아이와 씨름을 해도 이길 정도였고, 늘 활과 칼로 나무를 상대로 전쟁놀이를 하면서 아이들을 모아놓고 대장 노릇을 했다. 특히 활을 매우 좋아해서, 아침저녁으로 동산에 올라가 활쏘기를 흉내 냈다고 한다. 어느 날, 오키나와의 배가 물건을 가득 싣고 지나다가다, 아지운케가 쏜 화살에 돛 줄이 끊어져 버렸다. 이후로 오키나와의 배들은 요론도의 동쪽 바다로는 다니지 않게 되었다고 한다.

아지운케의 형은 갸우두키, 내형은 인주루키라고 한다. 갸우두키는 농사에 열심이어서 농업의 신이라고 불렸고, 인주루키는 바다를 좋아해서 용궁의 신이라 불리고 있었다. 아지운케는 병이나 한발(旱魃)로 고생할 때 제사드리는 신이 되어, 섬의 수장이라고 불렸다. 인주루키는 활쏘기를 좋아해서 매우 좋은 활을 가지고 있었다. 아지운케는 가끔 한 번씩 인주루키의 활을 빌려 전쟁 연습을 하곤 했다. 아지운케가 27세가 되자, 그는 승마도 능숙한 청년이 되었다. 어느 날 아지운케는 생각했다.

'조그마한 요론도에서 뛰어난 사람이 되는 것보다는, 대국(大國)의 위인이 되는 게 낫겠다.'

이렇게 해서 아지운케는 오키나와의 북부 얀바루(山原)로 갔다. 북부 오키나와의 임금님을 뵙자, 임금님은 다음과 같이 물었다.

"너는 어떤 일을 하고 있느냐?"

"저는 수장(首長)입니다."

"이름이 무엇이냐?"

"이름은 없습니다."

왕은 그의 힘을 시험해보려 했다. 아지운케를 궁궐에서 멀리 떨어진 곳에 가 있게 하고는, 수많은 군대의 호위를 뚫고 임금님에게 다시 오도록 시켰다. 아지운케는 정말이지 눈 깜짝할 사이에 다시 임금님 앞에 와서 엎드렸다. 이것을 보고 놀란 임금은 다시 물었다.

"너는 어디에 살고 있느냐?"

"저는 요론도에서 태어났습니다."

"너는 참으로 뛰어난 사람이로다. 어서 섬으로 돌아가 훌륭한 아지가 되어야 한다. 다만, 너를 떠올릴 수 있는 물건 하나는 놓아두고 가거라."

아지운케는 인주루키에게 빌려온 활을 놓아두고 요론도로 돌아갔다. 인주루키가 자기 활이 없다는 사실을 매일같이 아지운케에게 상기시켰으므로, 아지운케는 온 섬을 뒤져 활을 만들 뽕나무를 찾아 새로운 활을 만들어 주었다.

"원래 활이 아니면 안 돼."

별 수 없이 아지운케는 자기가 태어난 기념으로 심은 뽕나무를 베어 활을 만들어주었지만, 그래도 역시 인주루키는 좋아하지 않았다. 아지운케는 다시 류큐로 건너가 인주루키의 활을 가져오려고 했지만 임금이 그것을 궁궐의 보물로 여겨 아침저녁으로 보고 있어 여의치 않았다. 어느 천둥번개가 치던 날, 아지운케는 궁전의 기와를 들어내고 그 안에 들어가 활을 꺼내고는 요론도로 돌아갔다. 활이 없어진 것을 알게 된 왕은 매일같이 신하들을 시켜 찾게 했다.

"이것은 평범한 사람이 한 일이 아니다. 틀림없이 요론도의 아지가 한 일이다."

화가 난 왕은 군사 천 명을 요론도에 보냈다. 아지운케가 고기잡이를 하려고 바다에 나가 있는데, 신하가 와서 고했다.

"오키나와의 전선(戰船)이 항구에 들어왔습니다."

아지운케는 바삐 집으로 돌아가 음식을 많이 먹고, 칼과 활, 화살을 들고 말에 올라 군사들을 해치워나갔다. 적병을 모두 물리친 아지운케는 언덕 위에 올라 병사를 모두 잃고 돌아가는 배를 향해 소리쳤다.

"류큐에서 온 놈들은 내가 모두 죽여 버렸다. 빨리 돌아가 바로 내가 여기에 있다는 사실을 알리거라. 이것을 모르는 자는 단 한 명도 살려둘 수 없다. 임금에게도 이 말을 전하라!"

류큐의 왕은 생각했다.

'요론도에 그토록 강력한 자가 있단 말인가. 어서 그 자를 없애지 않으면 내 나라가 망할지도 모르겠다.'

왕은 아지운케를 죽이기 위해 다시 천 명의 군대를 요론도에 보냈다. 아지운케는 한 사람도 남김없이 모두 베어 죽였다. 남은 병사가 없는지 적선을 조사하는데, 취사를 담당하는 노인 한 명이 있었다. 아지운케는 그 역시 죽이려 했으나 노인은 살려달라고 애걸했다.

"저는 그저 늙은이일 뿐입니다. 특별히 무슨 짓을 할 힘도 없습니다. 제발 목숨만은 살려 주십시오."

아지운케는 노인의 목숨을 살려주었다. 다음날 아침, 아지운케가 아침밥을 먹고 일을 하러 나가려는데, 마침 놀고 있던 아이가 아지운케의 밥그릇 한가운데 젓가락을 꽂아 둔 것을 보았다.

"별 불쾌한 짓을 다 하는군."

아지운케는 이렇게 말하면서도 젓가락을 뽑아 조반을 먹고는 집을 나섰다. 언제나 쓰던 투구는 벗어놓은 채였다.

한편 배에 남아 목숨을 건진 노인은 낙담하였다.

"내 동료들은 모두 죽었는데 나는 이렇게 살았구나. 내가 이렇게 활 하나를 가지고 있다 한들 이것으로 무엇을 하겠나. 저 태양이나 맞혀 볼까."

노인은 태양을 향해 활을 쏘았다. 그런데 그 화살이 길을 걷고 있던 아지운케의 머리 위에 떨어져 그만 그를 죽이고 말았다. 이 소문은 류큐 왕의 귀에 들어갔다.

"아지운케가 정말 죽었단 말인가. 어서 가서 확인하고 오너라."

왕은 다시 천 명의 병사를 요론도에 보냈다. 요론 사람들은 놀라서 이런저런 궁리를 해 보았으나, 뾰족한 수가 없었다. 생각끝에 죽은 아지운케를 기둥에 묶어 세웠다. 이미 구더기가 슬어 입에서 하얀 구더기들이 나오고 있었는데, 그것을 본 류큐 병사들은 아지운케가 밥알을 흘리며 밥을 먹고 있는 거라고 오해했다. 아지운케에게 죽느니, 차라리 자살을 하는 게 낫다고 생각한 병사들은 모두 스스로 할복하여 죽고 말았다. 섬사람들은 기뻐했다.

"우리 섬은 살았다. 아지운케 님은 정말로 고마운 분이시다."

나중에는 섬사람들 모두가 이렇게 말하고는 했다.

"아지운케는 살아있는 동안에 천 명의 적을 죽이고, 죽어서도 천 명의 적을 죽였다."

또, 밥그릇에 젓가락을 꽂아놓으면 안 된다고 말해지곤 했다.[5]

류큐왕은 아지운케를 죽이려고 다시 병사를 파견했다. 병사들은 요론도의 해변에 상륙했다. 인주루키는 싸울 채비를 했지만 상대의 수가 너무 많았다. 자기 집 남쪽의 숲 속에 숨어 있다가, 결국은 적에게 발견되어 살해되었다. 인주루키의 목이 잘렸을 때, 그 머리는 하늘 높이 뛰어올라 동쪽에서 서쪽으로 날아다니며 다음과 같은 노래를 불렀다.

요론의 영웅

니랴아로 달려가라
카네에라이로 달려가라

---

5) 아지운케가 죽은 것은 젓가락을 꽂아놓은 밥을 먹었기 때문이라는 것.

그 모습을 본 류큐 병사들은 무서워져서 배에 올랐다. 배를 띄워 돌아가려 했으나, 태풍이 불어 배가 뒤집어지는 바람에 적들은 전멸하고 말았다. 이 노래는 저주의 의미가 있다. '니랴아'는 '용궁'이라는 뜻이고, '카네에라이'는 조류가 매우 빠른 바다의 이름이다. 류큐의 배는 그 곳에 빠져버리라는 의미의 노래인 것이다.

〈아마미 요론도〉

닛체

옛날, 닛체라는 곳에 한 여인이 살았다. 집터 북쪽에서 조를 심다가 큰 비를 만났다. 여인은 근처 동굴에서 비를 피해 하룻밤 머물다가, 백발노인이 빛을 내며 서 있는 꿈을 꾸었다. 그 후 여인의 배가 점점 불러오더니, 결국 사내아이가 한 명 태어났다. 아이는 머리카락이 새카맣게 나고, 이도 가지런히 나 있었다. 집안사람들은 귀신의 아이라고 여겨 밭에 묻어 버렸다. 그러나 그날 밤부터 아이를 묻은 곳에 번개가 치고 어린아이의 울음소리가 계속 들려왔다. 이 아이는 신의 아이라는 사실을 깨달은 가족들은 아이를 데려와 소중하게 길렀다.

아이의 이름은 닛체였다. 여덟 살쯤 되자, 닛체는 힘도 세고 용감할 뿐 아니라 활쏘기에도 능하게 되었다. 섬 동쪽을 지나는 배의 돛대를 화살로 쏘아 떨어뜨릴 정도였다. 닛체에게는 농업을 하는 형과 바다를 좋아하고 섬에서 가장 강한 활을 쓰는 활쏘기에

능한 누이가 있었다.

닛체는 누이의 활을 빌려 슈리로 가서 류큐왕의 신하가 되었다. 얼마 있다가 섬에 돌아가기를 원했지만, 류큐왕은 닛체와의 이별을 아쉬워하며 기념이 될 만한 물건으로 누이의 활을 놓고 가라고 명했다. 닛체가 자기의 활을 류큐왕에게 주어버렸다는 사실에 누이는 매우 슬퍼했다. 닛체는 몰래 류큐왕의 성에 들어가 활을 다시 가져왔다.

이 사실을 안 류큐왕은 화가 나서 병사 천 명을 요론도에 보내 활을 가져오도록 했다. 닛체는 류큐 전선(戰船)이 오는 것을 보고 집으로 가 얼른 밥을 먹고는 싸움에 나서 한 사람도 남김없이 격퇴했다. 그런데 닛체가 먹은 밥은 세 살짜리 아이가 젓가락을 밥 위에 꽂아놓은 밥이었다. 닛체는, 류큐 군선(軍船)의 밥 짓는 늙은이가 하늘을 향해 쏜 화살을 정수리에 맞고 선 채로 즉사했다. 닛체가 서 있는 모습은 마치 생쌀을 씹고 있는 것 같았다. 다시 공격해 온 류큐 군사들은 이 모습만을 보고 놀라 달아나 버렸다.

닛체가 죽었다는 소문을 듣고 다시 류큐 군대가 공격해 오자 닛체의 누이는 강궁(强弓)으로 분전했지만, 결국에는 그 목을 베이고 말았다. 잘려진 누이의 목은 동서로 날아다니며 '바다의 신이 해류를 빠르게 할 것이다'라는 내용으로 기원하는 노래를 불렀다. 류큐의 군대는 경악하며 서로 앞다투어 류큐로 도망갔다고 한다.

〈아마미 요론도〉

31

보시가나시

옛날, 멘투누치 가문(坂井家)에 한 아름다운 처녀가 있었다. 마을의 노로가 오키나와의 왕에게 공물을 바치러 갈 때, 이 아름다운 처녀를 함께 데리고 갔다. 처녀의 아름다움은 사람들을 주목을 끌었고, 결국 임금님의 마음에도 들어 처녀는 임금의 후궁이 되었다. 즐거운 생활이 계속되는 가운데 임신한 미인은 섬에 돌아가 출산을 기다리다가, 열 달 열흘을 채워 옥동자를 낳았다. 그 아들에게는 '보시'라는 이름을 붙였다. 보시가나시(坊主加那志)는 자라남에 따라 여러 가지 기적을 보여 모두를 놀라게 했다. 그래서 세상 사람들은 그를 신동이라고 칭찬했다.

어느 날 보시가나시는 어머니와 함께 밭에 가서 어머니가 캔 이모를 자루에 넣고 있었다. 그런데 뭔가 마음에 들지 않는 것이 있었는지 자루 속 이모를 모두 참새로 만들어 날려 버렸다.

"아아, 우리 보시는 착한 아이지. 우리 보시는 똑똑한 아이지."

어머니가 보시가나시를 부드럽게 달래자, 참새가 되어 날아갔던 이모는 다시 자루 가득 되돌아왔다.

보시가나시는 공중에 두꺼운 동아줄을 걸고 그 위를 자유롭게 걸어 다닐 수도 있었다. 집에서 아버지가 있는 오키나와의 성까지도 동아줄을 걸어놓고 그 위를 걸어서 자유롭게 오키나와에 다녀오곤 했다.

어느 날 보시가나시가 오키나와의 아버지에게 갔더니, 임금님은 이런저런 이야기 끝에 다음과 같이 말했다.

"요론도와 오키노에라부지마는 너에게 줄 테니, 이 두 섬을 다스리도록 하라."

보시가나시는 기뻐하며 에라부지마에 돌아가려고 언제나처럼 동아줄 위를 걸어갔다. 그런데, 이전부터 보시가나시의 총명함을 보아 온 오키나와의 왕비는 자기 아들이 다스려야 할 오키나와마저 보시에게 빼앗길까 두려워 마음속으로 그를 질투하고 있었다. 보시가나시가 헤도미사키[6]와 요론 사이 바다의 한가운데에 이르렀을 때, 왕비는 공중에 걸린 동아줄을 그만 끊어버리고 말았다. 보시가나시는 바다 속 깊숙이 떨어져 결국 세상을 떠나고 말았다.

멘투누치 가문의 뜰에 있는 높은 대는 보시시가나시가 동아줄에 오를 때 받침대로 썼던 돌인데, 지금도 소중히 보존되어 있다. 보시가나시를 기다리는 것처럼, 오키나와 쪽을 향한 채로 서 있다.

〈아마미 오키노에라부지마 지나〉

---

6) 오키나와 본섬의 최북단. 헤도 곶.

32

긴시가와 부자의 죽음

도모리(友利) 모토시마(本島)라고 하는 해안 가까운 곳에, 긴시가와토요미야(金志川豊見親)라고 하는 사람이 살았다. 어느 날, 긴시가와토요미야가 바닷가를 걷다 보니, 저 멀리 섬 그림자가 보였다. 긴시가와토요미야가 그 섬으로 가 보니, 그 곳은 오키나와의 나하였다. 그는 슈리왕이 있는 곳으로 갔다.

"저는 미야코 사람입니다. 임금님의 용안을 뵙고, 류큐는 어떤 곳인지 보려고 왔습니다."

"훌륭한 사람이군. 이름은 무엇인가?"

"저는 미야코 도모리 마을에 사는 긴시가와라고 합니다."

왕은 긴시가와를 환대하고, 선물을 주어 돌려보냈다.

히라라(平良)의 나카소네토요미야(仲宗根豊見親)[1]도 바닷가를 걷다가 섬 그림자를 보았다.

---

1) 슈리 왕부와 공조하여 야에야마를 정벌했던 미야코지마의 영웅. 미야코지마의 통일과 류큐 왕조에의 복속에 지대한 역할을 하였다.

"옳지! 저기 좋은 섬이 있으니 한 번 가 보자!"

나카소네토요미야는 슈리왕에게 가서 고하였다.

"저는 미야코의 나카소네토요미야라고 합니다. 임금님을 뵈려고 왔습니다."

"너는 혹시 도둑이 아니냐?"

나카소네토요미야는 그만 철망에 갇히고 말았다.

"저는 도둑이 아닙니다. 나쁜 사람이 아닙니다. 나카소네토요미야라는 미야코 사람입니다."

"너보다 훨씬 훌륭한 긴시가와라는 이가 미야코에서 왔었다. 그렇다면, 미야코지마에 가서 그 자를 토벌하라."

나카소네토요미야는 부하들을 전부 모아 말을 타고 도모리에 갔다. 일부러 신발 끈을 끊어버리고는, 그것을 다시 만들 끈을 달라고 했다. 이에 긴시가와가 그들 앞에 나왔다.

"누구신가?"

"나카소네라고 한다."

"그런가? 처음 만나는군."

긴시가와는 나카소네를 집에 들이고 음식을 대접했다.

"어이, 우리 둘이 날짜를 따로 정해 만나 놀지 않으려나?"

나카소네토요미야는 이렇게 말하고 돌아갔다. 같이 놀기로 한 날, 긴시가와는 잊어버리고 있다가 문득 그 약속을 생각해내고는 숙부의 집으로 가 그 일을 알렸다.

"숙부, 나카소네와 약속했던 일을 잊고 있었습니다. 이제 가 보겠습니다."

"토요미야끼리 놀면 서로 싸우게 될 수밖에 없다. 네 목이 잘리느냐, 상대의 목을 자르느냐다. 이것을 가지고 가거라."

숙부는 끈이 달린 작은 칼을 던져주었다.

약속한 장소에 가 보았더니, 그곳에는 늘어선 깃발이 바람에 펄럭이고 있었다. 긴시가와가 오는 것을 기다리는 것이었다. 긴시가와가 오른발 사이에 칼에 달린 끈을 끼우고 위아래로 칼날을 날리자, 죽어가는 사람들의 피가 피바다를 이루며 흘러내렸다.

긴시가와의 유모는-그 때 긴시가와는 일곱 살이었다- 용맹을 떨친 긴시가와를 불러 젖을 먹였다. 나카소네토요미야는 피바다 속에 엎드려 있다가, 젖을 먹고 있는 긴시가와의 팔을 잘라버렸다.

"토요미야인 내가 팔이 없다는 건 부끄러운 일이다."

긴시가와는 스스로 죽음을 택했다.

긴시가와토요미야가 생전에 나하에 있을 때, 아내와의 사이에 아들이 한 명 있었다. 그 아들은 몸이 전부 철로 되어 있었고, 눈이며 귀, 뇌 정도가 사람의 몸이었다. 중국 배가 오키나와에 공물을 가지러 왔을 때, 긴시가와의 아들은 그들 앞에 서서 말했다.

"너희들은 어째서 오키나와에서만 공물을 가져가는 거냐? 썩 돌아가라!"

손에서 검을 꺼내어 휘두르자, 중국인들은 모두 도망쳐 버렸다.

"이번에는 졌지만, 다음번에는 반드시 해치울 테다."

다시 오키나와에 온 중국인들은 이발사를 꾀었다.

"돈이라면 얼마든지 줄 테니, 저 남자의 머리를 다듬을 때 그를 죽여주지 않겠나?"

중국인들은 머리를 다듬을 때 머리카락을 자르는 칼을 뇌 속에 찔러 넣어 죽이라고 이발사에게 일렀다. 이발사가 그들 말대로 하자, 긴시가와의 아들은 두 개로 갈라져서 죽고 말았다.

그 후, 다시 중국에서 공물을 가지러 왔는데, 긴시가와의 아들이 산봉우리에 서 있는 것이 보였다.

"이게 어찌된 일인가? 저 사내가 산봉우리에 서서 우리를 보고 있지 않은가?"

중국인들은 두려움에 떨면서 잠시 기다렸다. 그런데 어디선가 새가 날아와 산봉우리에 서 있는 남자의 머리 위에 앉았다.

"살아있는 사람이라면, 새가 날아와 앉을 때 쫓아내기 마련이다. 저기 있는 자는 산 사람이 아니다."

이렇게 해서 중국인들은 류큐를 자기 마음대로 하게 되었다.

〈미야코 미야코지마 우에노〉

* 긴시가와토요미야는 도모리 모토지마 출신이다. 그는 하늘을 날 수 있었기 때문에 슈리의 왕에게까지 그 이름이 알려졌다.

어느 날, 나카소네토요미야가 긴시가와토요미야를 초대했다. 긴시가와토요미야는 초대에 응했다. 나카소네토요미야에게 가는 도중, 그는 백부에게 들렀다. 그물을 짜고 있던 백부는 쓰고 있던 단도(短刀)를 건네며 일렀다.

"백기(白旗)가 올라가면 평화요, 적기(赤旗)가 올라가면 전쟁이다."

나카소네가 초대한 곳에 이르자, 적기가 올라왔다. 긴시가와는 엄지손가락에 단도를 끼우고 날아오르며 백 명, 날아 내리며 백

명을 죽였다.

"손을 멈춰요! 마음을 가라앉혀요!"

나카소네토요미야의 애인이자 긴시가와를 길러준 누이는 이렇게 말하며 긴시가와에게 매달렸다. 이 때, 근처에 숨어있던 나카소네토요미야가 나타나 긴시가와의 한쪽 어깨를 잘라 버렸다. 긴시가와는 팔이 없는 자는 토요미야의 자격이 없다며 땔나무를 쌓아 올려 불을 피우고 그 불꽃 속으로 스스로 뛰어들어 죽고 말았다. 이 때, 긴시가와의 눈동자가 날아올라 류큐왕의 그릇 위에 떨어졌다. 이것을 본 슈리왕은 긴시가와가 죽었음을 알았다고 한다.

〈미야코 미야코지마 구스쿠베〉

▲ 기스캬(キスキャー, 金志川) 무투.
긴시가와를 모시는 우타키이다.

◀ 기스캬 무투의 목상(木像).
콘크리트로 된 구조물 안에 놓여 있다.

33

모우시카네의 죽음

옛날 요노누시 치세에, 모우시카네(眞牛鎌)라는 아름다운 여인이 살고 있었다. 요노누시가 낚시를 하러 다니다가 이 여인을 보고 마음에 두어, 우치지로(內城)에 살게 했다. 그러는 동안 모우시카네는 요노누시의 아이를 임신하였고, 결국 옥동자가 태어났다.

모우시카네의 아들은 점점 자라 열네 살이 되었는데, 무예가 아주 빼어났다. 요노누시는 그의 기상을 시험해 보고자, 나오시로 (直城)까지 동아줄을 매어 놓고 그 줄 위를 걸어 건너오라고 했다.

"내 아들이라면 건널 수 있을 것이고, 다른 사람의 아들이라면 떨어져 죽을 것이다."

아들은 무사히 그 시험을 끝내고, 오야코(大屋子)[1]로 임명받기 위해 아버지가 있는 곳으로 떠났다. 그러나 일련의 소동[2]으로 요노누시는 자결하고 일문이 모두 망하고 말았다.

---

1) 류큐 왕조 시절의 지방 관리직.
2) 앞의 〈요노누시가나시〉 설화 참조.

모우시카네는 이를 알지 못하고 관복을 만들며 아들을 기다렸다. 그러나 아들은 돌아오지 않았고 소식마저 없었다. 귀인의 첩이었던 터라 가까이 오려는 남자도 없고, 세파 속에서 미모를 잃어가던 그녀는 결국 머리에 이가 들끓는 채로 죽고 말았다. 일설에는 이에 물려 쓰러졌다고도 한다. 〈아마미 오키노에라부지마〉

34

미인의 비극

오아무샤레[1]가 슈리의 왕을 배알하러 갈 준비를 하고 있었다. 그런데 그 조카가 꼭 슈리 구경을 하고 싶다며 같이 가기를 청하자, 오아무샤레는 조카를 데리고 슈리로 갔다. 오아무샤레는 조카에게 주의를 주었다. 왕이 음식을 내려주어 먹으라고 하면 일단 뚜껑을 열어보고, 그 뚜껑에 물방울이 맺혀 있지 않으면 독이 들었다는 증거이니 절대로 입에 대지 말라는 거였다.

두 사람이 왕을 뵈었을 때였다. 오아무샤레의 조카에게 한눈에 반한 왕은, 그녀를 아내로 삼고 싶다고 말했다. 오아무샤레는 그녀는 자기의 조카일 뿐이므로 양친의 허락을 받아야 한다며 거절하고는 왕부를 떠나겠다고 아뢰었지만, 왕은 그 말을 들어주지 않았다.

드디어 두 사람 앞에 다과가 나왔다. 오아무샤레가 뚜껑을 열어보자, 독이 들었는지 뚜껑 안쪽에는 물방울이 맺혀 있지 않았다.

---

1) '오오아무 님'이라는 뜻. '오오아무'는 류큐 왕조의 국가적 신녀 체제를 구성하는 신직으로서, 고급 신직에 속한다.

오아무샤레는 창가 쪽에 앉아있던 조카에게 그것을 버리라고 넘겨주었다. 그러나 조카는 오아무샤레가 자기에게 먹으라고 주는 것인 줄 알고 한 입에 다 삼켜 버렸다. 왕은 오아무샤레를 독살하고 그 조카를 자기 아내로 삼으려던 거였다. 독이 든 물을 마신 조카는 바로 무참히 죽고 말았다.

조카의 죽음을 본 오아무샤레는 놀라서 급히 성에서 나와 뱃사람들을 모아 고향으로 가는 귀로에 올랐다.

"조카가 병으로 쓰러졌다. 한시라도 빨리 고향으로 돌아가야 한다."

오아무샤레는 뱃사람들을 재촉했다. 이윽고 고향 마을이 보이기 시작하자, 오아무샤레는 갑자기 눈물을 쏟으며 조카의 시신을 안고 물속에 뛰어들어 스스로 목숨을 끊었다. 그 바람에 배가 뒤집혀 뱃사람들도 바다 속에 내동댕이쳐졌다. 뱃사람들은 목숨을 구하려고 필사적으로 바위를 붙잡았다. 지금도 그 바위 위에는 손가락 모양이 남아 있다.

마을 노인들의 말에 따르면, 이 바위에서 고기를 잡을 때에는 아무리 파도가 잔잔한 날이라도 꼭 세 번은 파도가 밀려와 이 바위를 씻어준다고 한다. 그것은 오아무샤레의 인사라고 전해진다. 오아무샤레는 지금의 진류가(津留家)의 조상이다. 그 집안에 미인이 태어나면 단명하는데, 이는 오아무샤레가 조카의 죽음을 위로하기 위한 것이라고들 한다. 〈아마미 오시마 세토우치〉

219
· 미인의 비극

* 옛날, 투망(投網)과 고기잡이에 능숙한 우라스쿠(우라소코, 浦

底) 아지라는 사람이 있었다. 어느 날, 우라스쿠 아지는 그물을 둘러메고 헨나자키(平安名崎)에 갔다가 옷감을 짜는 베틀 소리를 들었다. 이상하게 여긴 우라스쿠 아지가 소리나는 곳을 따라가 보았다. 하지만 해변에 내려가도 없고, 바위 위에 올라가도 아무 것도 찾을 수가 없었다. 그 소리는 마무야(マムヤ)라는 여인이 길 쌈을 하는 소리였는데, 마무야가 길쌈을 하던 곳은 마치 천정같은 바위의 아래였기 때문에 쉽게 찾을 수 없었던 것이다.

마침내 마무야를 찾아낸 우라스쿠 아지는 마무야가 대단한 미인인 것에 놀라 마무야를 아내로 삼기로 마음먹었다. 우라스쿠 아지는 마무야에게 내기를 걸었다. 자신은 헨나자키에서 가리마타 곶[崎]까지 바다에서 돌을 가져다 쌓을 테니, 당신은 하루에 실을 자아 옷감을 짜내라는 거였다.

"좋아요. 내가 지면 아내가 되어 드리지요."

마무야는 이렇게 우라스쿠 아지와 내기를 하기로 했다. 아지는 열심히 돌을 쌓았다. 그 때 쌓은 돌이 지금도 남아 있다. 결국, 마무야는 내기에 져서 우라스쿠 아지의 아내가 되었다.

그런데 우라스쿠 아지에게는 이미 아내와 자식이 있었다. 아지는 말했다.

"지금만을 생각하면 마무야가 좋지. 하지만 나중 일을 생각하면 내 아이의 어미를 생각할 수밖에."

"매정한 사람."

이 말을 들은 마무야는 그만 몸을 던져 죽고 말았다.

〈미야코 미야코지마 구스쿠베〉

* 옛날, 마무야라는 절세 미녀가 살고 있었다. 누구스쿠(野城) 아지는 마무야의 모습을 보고 반한 나머지 두 사람은 사랑하는 사이가 되었다. 하지만 누구스쿠 아지에게는 이미 아내가 있었다.

"장래를 생각하면, 향기로운 마무야보다 똥오줌 냄새가 나더라도 아내가 낫지."

이렇게 생각한 누구스쿠 아지는 마무야를 버렸다. 누구스쿠 아지의 변심을 알게 된 마무야는 헨나자키의 절벽 아래로 스스로 몸을 던지고 말았다. 비탄에 잠긴 마무야의 어머니는, 다시는 이 마을에 미인이 태어나지 않게 해 달라고 신에게 기원하였다.

〈미야코 미야코지마 구스쿠베〉

마무야의 묘. 전면과 후면

* 옛날 우켄(宇檢)의 한 마을에 아주 아름다운 아가씨가 살고 있었다. 아가씨의 미모는 류큐의 왕에게까지 알려져, 아가씨는 왕의 시녀로 오키나와에 가게 되었다. 류큐왕에게 가기 싫었던 아가씨는 부젓가락으로 자신의 얼굴을 지져 상처투성이로 만들

었다. 이렇게 해서 오키나와에 가는 것을 면하게 된 아가씨는 다시는 이 마을에 자신과 같은 미인이 태어나지 않게 해 달라고 매일 아침 태양에게 기원하였다. 그 기원이 이루어진 것일까, 마을에는 두 번 다시는 그와 같은 미인이 태어나지 않았다고 한다.

〈아마미 오시마 우켄〉

* 옛날, 아름다운 한 아가씨가 살고 있었다. 그런데 어느 날, 마을에 온 북산(北山)의 귀족이 아가씨의 미모에 반해 억지로 아가씨를 북산으로 데려갔다. 아가씨는 울고 또 울다가 고갯마루에 이르렀다. 아가씨는 고향을 돌아보며 탄식했다.

"나는 내 미모 때문에 불행해지고 말았다. 사람은 평범한 것이 제일인데."

이 사건 이후, 마을에는 미인이 적어졌다고 한다.

〈오키나와 구니가미〉

* 옛날, 히라라의 니마(네마, 根間) 집안에는 세상 사람들이 입이 마르도록 그 미모를 칭송하는 아름다운 아가씨가 있었다. 그런데 이 아가씨가 그만 처자가 있는 얀바루 배2)의 선장과 친밀한 사이가 되고 말았다. 노한 아가씨의 부친은 아들에게 누이를 죽이라고 명했다. 아들은 차마 누이를 죽일 수가 없어서, 못자리에 데리고 갔다가 다시 집으로 데리고 돌아와 몰래 숨겨두었다. 일곱

---

2) 얀바루(山原:오키나와 본도 북부 구니가미를 일컫는 속칭)와 오키나와 중남부를 왕래하던 교역선. 얀바루 삼림의 물자와 본도 중남부의 곡물 및 일용잡화를 교역하였다. 멀리 미야코와 야에야마, 아마미 지방까지 가기도 하였다.

낮 일곱 밤을 신에게 기도드리던 아가씨는 여드레째 되는 날 아침, 뜰에 나가자마자 그 자취를 감추었다. 오라비들이 아무리 누이를 찾으려고 애를 써도 헛수고였다. 그로부터 며칠 후, 뜰 안에 누이가 나타나 자신은 신이 되었노라고 말하고는 다시 사라졌다. 그렇게 아름다운 딸을 그토록 심하게 대했기 때문에, 두 번 다시는 그 집안에 미인이 태어나지 않았다고 한다.

〈미야코 미야코지마 히라라〉

* 시모자토조에(下里添)의 가미쿠(カミク)라는 곳에 매우 아름다운 여인이 살았다. 한 관리가 그 여인을 자신의 것으로 삼으려 하자, 여인은 친구들의 집을 돌아다니며 관리를 피하였다. 여인를 잡을 수 없게 된 관리는 그 대신 차례로 친구들을 잡아다가 죽여 버렸다. 더 이상 목숨을 부지한들 친구들에게 폐를 끼칠 뿐이라고 생각한 여인은, 가미쿠에는 나와 같은 여인이 더 이상 태어나지 않기를 바라며 스스로 목을 매어 죽고 말았다. 그래서 가미쿠에는 더 이상 미인이 태어나지 않게 되었다고 한다.

〈미야코 미야코지마 구스쿠베〉

· 미인의 비극

35

세 처녀의 죽음

옛날, 구니가키라는 곳에는 미투가네, 푸카나라는 곳에는 마구디, 우이다투라는 곳에는 마나비라는 처녀가 살았다. 세 처녀는 서로 친구였는데, 용모가 아름다운 것으로 평판이 높았다. 그 때 구니가키의 미투가네의 집 뜰에는 커다란 가주마루 나무가 있어서 멀리 있는 샘물에까지 나뭇가지가 뻗어 있었는데, 발끝까지 머리카락이 길었던 세 처녀는 나뭇가지 위에 올라앉아 서로의 머리를 풀어 내리거나 묶어주거나 하면서 지냈다.

그러는 동안 세 처녀의 평판은 더욱 좋아져서, 결국에는 슈리에 있는 임금님의 귀에까지 들어가게 되었다. 임금님은 세 처녀를 만나고 싶어 자기가 있는 곳으로 불러 올렸다. 우이다투의 마나비에게는 오라비가 있었는데, 그는 동생이 사람들에게 주목받거나 슈리의 임금님에게 호출되는 것이 영 마뜩치 않아서 세 명의 처녀와 함께 가기로 마음먹었다.

처음 슈리의 임금으로부터 오라는 통지를 받았을 때, 처녀들은 여러 가지로 걱정이 되었다. 갈까 말까, 가면 슈리에서 어떤 일이 일어날까, 섬에 돌아올 수 있을까, 만약 가지 않는다면 임금님의 명령에 반대하는 게 되는데 어찌 될까 불안할 뿐이었다. 그러나 슈리에 도착한 세 사람은 생각과는 달리 맛있는 요리를 대접받는 등 환대받았다. 임금님은 세 명의 처녀 중에 우이다투의 마나비가 가장 곱고, 다음으로는 구니가키의 미투가네, 세번째는 푸카나의 마구디라고 하면서 각자에게 금, 은, 산호로 만든 많은 보물을 하사했다.

　세 처녀는 각자 받은 보물을 배에 싣고, 마나비의 오라비와 함께 섬을 향해 떠났다. 그런데 배가 바다 한가운데 이르렀을 즈음, 갑자기 배가 뒤집히는 바람에 세 처녀와 마나비의 오라비, 그리고 많은 보물들이 모두 깊은 바다 속으로 가라앉고 말았다. 살아남은 것은 오직 도사공 한 사람 뿐이었다.

　사실 이렇게 된 것은 도사공의 계략 때문이었다. 도사공은 네 사람을 바다에 수장하고 보물을 빼앗으려고 했던 것이다. 그러나 보물들마저 바다 속으로 가라앉고 말았다. 지금도 바다 속에는 그 때의 보물들이 반짝반짝 빛나고 있다고 전해진다. 그 후, 마음씨 나쁜 도사공은 결국 불행한 재난이 이어져서 후손이 끊어졌다고 한다.

〈아마미 요론도〉

36

추라우인조

쇼엔왕은 옛날 이에지마(伊江島) 섬의 '나칸다카리(仲村渠) 마카테'라는 아름다운 여인과 연애를 하는 사이였다. 옛날에는 지금처럼 서로 편하게 소식을 주고받을 수 없었기 때문에, 나칸다카리 마카테는 추라우인조(美織所)에서 천을 짜면서 쇼엔왕이 오기를 기다렸다. 그 때 부른 노래는 다음과 같다.

　　나칸다카리 마카테가 짜고 있는
　　일곱 길(七尋) 천은
　　이헤야(伊平屋) 마쓰가네(松金)의
　　춤 수건

쇼엔왕은 노는 것을 매우 좋아하는 사람이었기 때문에, 춤출 때 쓰는 수건을 만드는 천을 짜서 드렸다는 것이다.

나칸다카리 마카테는 이에지마 섬 사람이었는데 이제나지마 섬 사람이었던 가나마루(金丸, 즉 후일의 쇼엔왕)와 연애를 하던 거였다. 이에지마의 청년들은 별렀다.

"이런 미인을 다른 섬 남자에게 뺏길 수는 없어. 어떻게 해서든 막아야 해."

이에지마 섬 청년들이 기다리는 가운데, 쇼엔왕은 언제나처럼 이에지마 섬 북쪽 해안에 배를 대고 있었다.

"오늘 그 녀석이 오면 어떻게든 해치워 버리자."

쇼엔왕을 만나러 가던 나칸다카리 마카테는 이 사실을 알아채고 어떻게든 막아야겠다고 생각하고는, 그만 바다로 뛰어들어 죽고 말았다.
〈오키나와 이제나지마〉

* 나칸다카리 마카테가 마츠가네(松金)를 생각하며 아름다운 수건을 짠 장소를, 마을 사람들은 '추라우인조'라고 한다.
〈오키나와 이제나지마〉

이제나지마의 추라우인조 기념비

37

되살아난 물고기

사츠마의 왕인지 신하인지가 요나바루(與那原) 해변에 왔다가, 해변에서 삼짇날 놀이를 하던 여인들을 발견하고는 그 중에서도 특히 아름다웠던 한 처녀를 데리고 야마토로 데리고 갔다. 17, 8세 정도로 젊었던 처녀는 괴로워하면서 오키나와에 돌아가기를 청했지만, 아무도 돌려보내주지 않았다. 그러다 결국 처녀는 임신을 하게 되었다.

"제가 여기서 아이를 낳는다 해도, 저는 이곳에서 살 생각이 없습니다. 차라리 죽는 게 나아요. 제발 돌려보내 주십시오."

"이 항아리에 소금에 절인 생선이 있다. 바다 속에든 물속에든 넣어서, 이 물고기가 다시 살아나면 돌려보내 주마. 살아나지 않으면 너도 돌아갈 수 없다고 생각하거라."

처녀는 그 생선을 물을 부은 커다란 대야에 넣고는 열심히 열심히 기도를 올렸다. 그랬더니 과연 물고기가 되살아나는 게 아닌가!

"당신은 보통 사람이 아니라 신령님의 심부름꾼인 게로군. 돌아가고 싶다면 돌아가라."

이렇게 해서 여인은 요나바루의 해변에 돌아올 수 있었다. 그러나 당시 고귀한 집안의 처녀가 임신하는 것은 도리에 어긋나는 일이었으므로, 여인은 부모에게 돌아갈 수도 없었다. 여인은 요나바루 해변 가까이에 있는 우타키의 숲 속에서 아이를 낳고는 그만 죽고 말았다.

그 아이는 다마구스쿠(玉城) 마기리(間切)3) 사람에게 발견되어 길러졌다. 이 일이 조정에도 알려지자 조정에서는 그 여인의 묘를 만들어 제사를 지내게 하고, 그 여인의 아들은 다마구스쿠 마기리를 다스리게 했다. 여인의 아들에게는 세 명의 아들이 있었다. 장남의 자손은 다마구스쿠 마기리, 차남의 자손은 이토만에 살고, 삼남의 자손은 요미탄에 갔다고 한다. 아다(安田) 집안은 이 삼남에서 비롯되었다. 청명제 때 이 집안사람들은 여인이 아이를 낳은 우타키의 묘에 가서 제사를 지내고, 가고시마(鹿兒島)를 향해 배향한다. 집안의 선조가 가고시마에서 왔기 때문이다.

〈오키나와 요미탄〉

---

3) 류큐 왕조 시대의 지방 행정 단위.

38

이나디온노

　옛날, 이나디온노(미나데온나, ミナデ恩納)라는 수완이 좋은 사람이 살고 있었다. 이나디온노가 소를 키우는데, 어찌된 일인지 소가 하나씩 하나씩 사라졌다. 이나디온노가 소의 발자국을 추적해 보니, 그곳에는 '히아제'라고 하는 일곱 '아제'가 살고 있었다.

　이나디온노는 집으로 가 활을 가지고 오다가, 소를 죽여 어깨에 짊어지고 오는 일곱 아제들과 만났다. 이나디온노는 자기에게 고기를 좀 나누어 줄 수 없느냐고 부탁했다. 아제들은 어서 돌아가라며 쇠고기를 조금 잘라 나누어주었다. 이나디온노는 그것을 자루에 넣는 척 하다가 활을 꺼내 그들을 죽였다. 화살 하나에 그들 모두가 꼬치 꿰이듯 그렇게 죽었다. 이나디온노 덕분에, 이후 소를 도둑맞는 일이 없어졌다고 한다. 　　　　　〈아마미 도쿠노시마〉

39

아카인코

옛날, 소베 마을(楚邊村)[1]에 아카인코(赤犬子)라는 사람이 살았다. 어떻게 이런 이름이 붙게 되었나 하는 이야기다.

아카인코의 어머니는 어렸을 때 부모가 정해준 배우자가 있었다. 아카인코의 어머니는 매우 아름다웠던지라, 그 마을뿐만 아니라 이웃 마을에서도 눈길을 주는 일이 많았다. 그러나 그녀는 다른 남자에게는 전혀 마음을 주지 않고 자기 약혼자만 생각했다.

어느 날, 그녀를 좋아하는 남자들은 그녀의 약혼자를 죽일 계획을 세웠다.

"저 사내를 죽이지 않는다면 뜻대로 되지 않겠어."

남편이 될 사내가 죽은 후, 그녀는 매일매일 슬퍼하며 자포자기 상태가 되었다. 그녀에게는 평소 매우 귀여워하던 붉은 개가 있었다. 그녀는 매일같이 그 개를 데리고 다니며 울적한 심사를 풀고 있었다. 그 해는 가뭄이 극심해서 사람들이 모두 어려웠던 때다.

---

1) 오키나와 요미탄의 마을.

그녀가 여느 때처럼 붉은 개를 데리고 산책을 하는데, 불현듯 그 붉은 개가 어디론가 가더니 몸 전체가 젖어서는 돌아왔다. 뭔가 심상치 않다고 느꼈는데, 다시 온 몸을 적시고 와서는 뭔가가 있는 것처럼 짖어댔다. 참으로 이상하다고 여긴 그녀가 개의 뒤를 따라가 보니, 동굴 안에 샘이 있었다. 이것을 본 여인은 마을 사람들에게 알렸다. 이후로 마을은 물 걱정 없이 살게 되었다. 이것이 붉은 개가 발견한 샘 이야기다.

당시 그녀는 이미 약혼자의 아이를 배고 있었다. 그녀가 아이를 낳자 청년들은 소문을 퍼뜨렸다.

"그 아이는 약혼자의 아이가 아니다. 붉은 개를 데리고 다녔으니 붉은 개의 아이다."

그래서 그 아이는 아카인코('붉은 개의 아이'라는 뜻)라는 이름이 붙게 되었다. 이 아이가 자라서 지붕에서 흘러내리는 빗물 소리를 듣고 샤미센을 만들었다는 이야기도 전해진다. 샤미센을 만든 후, 아카인코는 샤미센을 뜯으며 방방곡곡을 돌아다녔다.

아카인코가 구니가미(國頭) 지방에 다녀 올 때의 이야기다. 처음에는 세라가키(瀨良垣)[2]에 갔다. 배를 만드는 목수가 점심을 먹는 곳에 가서 먹을 것을 조금 나눠달라고 부탁했다.

"너 같은 놈에게 나눠줄 순 없지."

쫓겨난 아카인코가 부른 노래가 '세라가키 물배(瀨良垣 水船)'이다.

아카인코는 이번에는 단차(谷茶)[3]로 갔다. 그곳에도 배를 만드

---

2) 오키나와 온나손(恩納村)의 아자(字).

는 이가 점심을 먹고 있어서 먹을 것을 나눠 달라고 부탁했더니, 이번에는 아카인코에게도 먹을 것을 나눠 주었다. 여기에서는 '단차 빠른 배(谷茶 速船)'이라는 노래를 불렀다. 아카인코가 예언한 대로 세라가키의 배는 언제나 물이 들어 느려지고, 단차의 배는 매우 빨라졌다.

"그 녀석의 예언 때문에 이렇게 됐다. 꼭 찾아내서 죽여버리고 말겠다."

세라가키 사람들은 아카인코를 찾아 소베 마을까지 갔다. 몽둥이며 칼을 들고 지금의 아카인코 신사까지 찾아오자, 아카인코는 갑자기 연기가 되어 하늘로 올라갔다. 아카인코는 신의 아들인 정령(精靈)이었던 것이다.

아카인코 이야기는 남쪽의 나카구스쿠, 차탄 지역에서도 전해진다. 이것은 차탄에서 전해지는 이야기이다. 어느 날 아카인코가 길을 가는데 갑자기 목이 말랐다. 어느 집에 들어가 물을 좀 달라고 했다. 그곳에는 어린 아이 한 명만이 있었는데, 물을 마시고 난 아카인코가 아이에게 물었다.

"아버지는 어디 가셨니?"

"밤의 눈을 따러."

"어머니는?"

"겨울에는 파랗고 여름에는 시드는 풀을 뜯으러."

생각해 보니, '밤의 눈'이란 등을 켜기 위한 송진을 가리키는 말이고, '겨울에는 파랗고 여름에는 시드는 풀'이란 보리란 뜻이

---

3) 오키나와 모토부초(本部町)의 아자(字).

었다. 아카인코는 다시 그 아이의 집에 갔다.

"당신들의 아이는 매우 현명한 아이다. 나중에 훌륭한 관리가
될 테니, 이 아이를 스님으로 만드는 게 어떤가?"

아카인코가 말한 대로 그 아이는 자라서 스님이 되었다. 훗날
차탄 장로(長老)라는 사람이 되었다고 한다.   〈오키나와 요미탄〉

* 요미탄(讀谷)의 소베(楚邊)에 있는 우물은 개가 발견한 것이
다. 이 우물에 '치라'라는 아름다운 여인이 살았는데, 한 남자와
서로 사랑하는 사이였다. 마을의 젊은이들은 이 남자를 질투한
끝에 죽여 버리고 말았다. 치라는 슬퍼하며 자기가 키우던 붉은
개를 마치 남편처럼 사랑했다. 그러던 치라가 임신을 하자, 개의
아이를 임신한 것이라는 소문이 돌았다.

치라는 구다카지마로 달아나 그곳에서 아이를 낳았다. 치라의
가족들은 치라의 아이를 데리고 돌아왔다. 붉은 개의 아들이라고
들 하니 '아카인코'라는 이름으로 길렀다.

아카인코는 샤미센을 만들어 낼 정도로 능력이 뛰어났으나, 종
국에는 쫓김을 당한 끝에 지금의 아카인코 신사가 있는 곳에서
그 모습을 감추었다. 역시 신이었던 거라고들 한다.

〈오키나와 기노자〉

40

구스쿠마나카와 황금 베개

폭풍이 불어 해변에 여러 물건들이 떠내려 오자, 구스쿠마나카 (城間仲)는 뭐 특별한 게 없을까 하고 바다로 나가 보았다. 떠내려 온 상자를 발견했는데, 그 안에는 죽은 사람의 시신이 황금을 베고 누워있었다. 구스쿠마나카는 죽은 사람을 잘 묻어주고 그 황금은 자기가 가졌다. 구스쿠마나카는 부자가 되었다.

그 때, 마을에는 자식들이 많이 딸린 가난한 사람이 살았다. 그는 구스쿠마나카의 재산을 훔쳐야겠다고 생각하고, 몰래 굴뚝으로 들어가 숨었다. 저녁이 되어 밥을 먹을 때가 되었다. 구스쿠마나카는 하녀에게 음식을 하나씩 더 마련하라고 하고는, 천정에 숨은 사람에게 이제 내려오라고 말했다.

"자네는 무슨 이유로 여기 있는 건가?"

"나쁜 짓을 할 생각은 정말 없었습니다. 아이들이 있는데 먹을 것도 없고 해서, 아무거나 가져가려고 들어와 있었습니다."

구스쿠마나카는 그에게 음식을 대접하고, 하인들을 시켜 돈이

며 쌀이며 그가 가져가고 싶은 만큼 그의 집으로 가져다주게 했
다. 가난뱅이는 구스쿠마나카의 부유함이 계속되기를 기원했다.
구스쿠마나카의 집안은 지금까지도 부자로 산다.

<오키나와 우라소에>

   * 구스쿠마나카 집안의 복신(福神)이 구스쿠마나카 집안을 떠
나 강을 건너가려고 하고 있었다. 마침 용무를 마친 구스쿠마나카
가 돌아오다가 복신을 만났다. 복신은 구스쿠마나카에게 말했다.
   "구스쿠마나카의 집안은 싸움이 그치지 않아 이제 떠나는 중일
세. 나를 강 건너로 데려다 주지 않겠나?"
   구스쿠마나카는 자기가 그 집안의 주인이라고 말했다.
   "아아, 그런가. 주인이 없어서 싸우기만 했던 것이구먼."
   복신은 구스쿠마나카와 함께 다시 그 집으로 돌아갔다.

<오키나와 요미탄>

41

숯장이 다루

옛날, 한 어부가 바다에 고기잡이를 하러 나갔다가 물때를 기다리며 떠내려 온 나무를 베개 삼아 잠을 청하고 있었다. 그런데 수염이 하얀 신령이 나타나 그 나무에게 말했다.

"오늘 마을 동쪽에 있는 집과 서쪽에 있는 집에서 아이가 태어난다고 한다. 그곳에 가서 복을 정해 주도록."

나무가 대답했다.

"지금은 손님이 와 있어서 갈 수가 없으니, 대신 다녀오시오."

신령이 가보니 동쪽 집에는 남자아이가, 서쪽 집에는 여자아이가 태어나 있었다. 동쪽 남자아이 집은 산후 조리가 니쁘므로 가난뱅이의 운을 주고, 서쪽 여자아이 집은 산후 조리가 훌륭하므로 유복한 운을 주고는 다시 나무가 있는 곳으로 돌아와 이러저러했노라는 이야기를 했다.

그 말을 들은 어부가 바삐 집에 돌아와 보니, 과연 자기 집에는 남자아이가 태어나 있었다. 어부는 아침 일찍 여자아이가 태어난 이웃집으로 갔다.

"우리 아이들은 신령의 축복으로 이렇게 함께 태어났으니, 두 아이가 성장하면 부부의 연을 맺도록 하세나."

약속대로 아이들이 성장하여 스물 두어 살이 되자 그 둘은 부부가 되었다. 서쪽 집 딸의 이름은 '친미'라고 했는데, 부부는 매우 유복한 생활을 해 나갔다. 조든 보리든 벼든, 모든 곡식이 언제나 열매를 잘 맺어서 창고가 늘 가득 찼다. 옛날에는 곡물의 첫 이삭으로 밥을 지어 신에게 바치고, 그것을 부모 등에게 나누는 습속이 있었다. 어느 날, 친미가 처음 수확한 보리로 밥을 지어 신령께 바치고 나서 그것을 남편에게 가져갔다.

"나한테 이런 보리밥이나 먹이는 거야?"

남편은 친미에게 호통을 쳤다.

"네 집으로 돌아가! 우리 집에는 너를 둘 수 없어!"

친미는 창고로 들어가 슬퍼하다가 그만 잠이 들었다. 한밤중에 신이 와서 친미에게 말했다.

"너의 남편이 될 사람은 시라카와 마을에 사는 '숯장이 다루'다. 매우 복 있는 사람이 있으니, 그와 결혼하거라."

친미는 신의 말대로 시라카와 마을로 갔다. 그 마을은 홍수를 만났는지 길이 엉망진창이어서, 친미는 어디로 가면 좋을지 살펴보고 있었다. 길가에는 나뭇잎으로 만든 지저분한 집이 있었는데, 그곳에는 거의 벌거벗은 것이나 다름없는 숯장이 다루가 있었다. 친미가 우물쭈물하노라니, 숯장이 다루가 말했다.

"나는 나쁜 사람이 아니오. 이쪽으로 오시오."

친미가 물었다.

"당신은 누구십니까?"

"내게 이름 따위는 없소. 숯장이 다루라고들 부릅니다."

친미는 신이 결혼하라고 한 이가 바로 이 사람이구나 생각했다. 숯장이 다루도 신이 아름다운 꽃을 주는 꿈을 꾸었는데, 바로 이 여인이 그 꽃이구나 생각했다. 그래서 두 사람은 함께 살게 되었다. 딸을 두 명, 아들을 세 명 낳아 행복하게 살았다.

숯장이 다루가 여든 살이 되었을 때, 그만 눈이 보이지 않게 되었다. 그때까지도 '숯장이 다루'라고 경멸하는 이들이 있었는데, 아들 셋은 그것이 부끄러워 아버지를 버리려고 마음먹었다. 아들 셋은 고기를 잡으러 가자고 하면서 아버지를 썰물로 물이 빠진 해변에 데리고 갔다.

"고기를 잡아드릴 테니, 여기서 기다리세요."

아들들은 숯장이 다루를 놓아두고는 돌아가 버렸다. 아무리 기다려도 아들들은 오지 않고, 점점 밀물이 되어 바닷물이 차올랐다. 어쩔 수 없이 숯장이 다루가 헤엄을 치고 있노라니, 커다란 상어가 숯장이 다루를 등에 태워 해안까지 데려다 주었다. 숯장이 다루의 딸들은 매우 효심이 깊은데, 아버지가 바다에 갔다는 말을 듣고 해안으로 마중을 나갔다. 벌거벗은 한 노인이 바닷가에 있어 가 보았더니, 다름이 아닌 자기 아버지였다. 어찌된 일인지 물었다.

"여차저차해서 이렇게 되었다. 내 몫의 소를 이 상어에게 주어라."

딸들은 소를 상어에게 먹였다. 상어는 소의 머리를 머리에 쓰고 바다로 떠나갔다고 한다.

집으로 돌아오니 이웃 사람들은 눈도 안 보이는 숯장이 다루가 무사히 돌아왔다며 축하를 하였다. 아들들은 부끄러웠다.

"우리가 이렇게 된 것은 그 상어 때문이다. 그 상어를 잡아 죽이자."

세 아들은 배를 타고 바다로 나갔다. 숯장이 다루는 자기를 지붕에 올려달라고 했다. 아들들의 배가 어디쯤에 있는지를 물은 숯장이 다루는 초가를 덮은 짚을 아들들에게 던졌다. 그것은 회오리바람이 되어 아들들이 탄 배를 뒤집고, 아들들을 죽였다고 한다.

〈미야코 미야코지마 구스쿠베〉

42

상어를 퇴치한 우즈누누시

1450년 경, 지금의 이라부 마을 사람 중에 '토요미우지오야(豊見氏親)'라는 사람이 있었다. 우지오야는 의협심이 강하고 정이 많은 사람이어서, 사람들은 마치 아버지처럼 그를 존경했다. 그런데 당시 이라부와 히라라 사이의 바다에 커다란 상어가 나타나 왕래하는 배를 전복시키고 사람들의 목숨을 빼앗는 길이 잦았다. 교통이 끊기고 사람들의 생활이 어려워지자, 우지오야는 가만히 있을 수 없어 방책을 고민했다. 여러 가지로 생각해 보았지만, 당시는 무기가 없던 시절이라 별 뾰족한 수가 없었다. 우지오야는 자신의 한 몸을 바쳐 주민들을 어려움에서 구해내리리 결심하고, 길일을 택해 신에게 기원했다.

"저에게 힘을 주시고, 자손들이 영원히 번영하도록 해 주소서."

우지오야는 집안 대대로 전해오는 단검을 차고 바다로 작은 배를 띄웠다. 과연 큰 상어가 나타나 한 입에 우지오야를 삼켜 버렸다. 손에 땀을 쥐며 보던 사람들은 다만 신에게 기도를 올릴 뿐이었다. 상어의 뱃속에 들어간 우지오야는 칼로 상어의 배를 가르며 그 간장을 잘라냈다. 그 대단한 상어도 괴로움에 몸부림치다 결국에는 쓰러져 해변으로 밀려올라왔다. 마을 사람들이 서둘러 상어 뱃속에서 우지오야를 구출했다. 성심을 다해 간호했지만, 결국 우지오야도 숨을 거두었다. 마을 사람들의 슬픔은 이루 다 말할 수가 없었다.

어쨌든 우지오야의 용기와 결단력 덕분에 상어는 퇴치되었고, 섬사람들은 히라라에 무사히 왕래하고 또 고기잡이도 안심하고 할 수 있게 되었다. 섬사람들은 우지오야의 시신을 삐야즈(히야즈·히야치, 比屋地) 우타키 옆에 장사지내고, 우타키의 부신(副神)으로 섬겼다. 매년 제일을 정해 제사를 올렸다고 한다. 지금도 '우즈누누시(ウスヌ主)'라고 하여 숭배하며, 그 업적이 상부로부터도 인정되어 '이야스(伊安)'라는 성씨(姓氏)가 내려졌다. 그 자손들 이름에는 '가타(方)'라는 일족의 표시가 붙여지는데, 이라부의 나카치(仲地) 마을에서 이 표시를 지닌 사람이 인구의 절반을 점할 정도로 그 가운이 번창했다.

〈미야코 이라부지마〉

* 옛날, 이라부지마와 히라라 사이의 바다에 커다란 상어가 출몰하여 왕래하는 배들을 삼켜 버렸다. 이라부지마 사람들은 히라라에 왕래할 수 없게 되었다. 이 때, 이라부지마에서 태어난 우즈누누시라는 사람이 섬을 위해 죽음을 불사하겠다고 마음먹었다. 우즈누누시는 데이고 나무로 배를 만들고 양손에 단도를 쥔 채 상어 퇴치에 나섰다. 커다란 상어가 달려들어 한 입에 우즈누누시

를 삼켜버리자, 우즈누누시는 목숨이 다할 때까지 상어의 배를 갈랐다. 결국, 죽은 상어가 해안에 떠올랐다. 마을 사람들이 상어의 배를 갈라보니, 우즈누누시와 그의 배가 상어의 뱃속에 들어있었다. 사람들은 그의 시신을 이라부지마 섬의 수호신으로 장사 지내고 지금까지도 모신다.

〈미야코 이라부지마〉

· 상어를 퇴치한 우즈누누시

43

상어가 구해준 사나이

옛날, 구로시마(黑島)에 다라마모사라는 사람이 살고 있었다. 구로시마 사람들은 이리오모테지마 섬에 가서 목재를 가져다가 집을 짓곤 했는데, 다라마모사도 목재를 얻기 위해 이리오모테지마에 가다가 그만 태풍을 만나 조난을 당하고 말았다. 때마침 떠내려오는 나무가 있어 다라마모사는 식량상자는 나무에 싣고, 옷을 담았던 상자에서 옷을 꺼내어 나뭇가지에 매달아 돛을 삼았다. 다라마모사는 바람이 데려다주는 곳에 가 닿았다. 무인도에 닿은 다라마모사는 식량 상자에 있던 조를 심어 먹고 살았다.

그러던 어느 날, 다라마모사는 구로시마(黑島)로 돌아가라는 계시를 받는 꿈을 꾸었다. 신기한 일이라고 생각하며 바다에 가 보니, 커다란 상어가 자기를 좇아 따라왔다. 다라마모사가 상어 가까이로 다가가자 상어는 물속으로 들어가 다라마모사를 등에 태우고는 쏜살같이 구로시마까지 가 해변에 그를 내려놓았다. 죽은 줄 알고 제사까지 지냈던 고향사람들이 놀란 것은 물론이고, 그 소식이 오키나와의 슈리왕에게까지 전해져 다마라모사는 오키나와에 초대되기에 이르렀다. 평민으로서 슈리왕의 얼굴을 본 것은 다라마모사 혼자뿐이라는 이야기가 있다. 다라마모사는 고향에 돌아와 죽었는데, 아마도 그 때의 일을 그린 그림이 슈리에는 남아 있을 것이다. 〈야에야마 구로시마〉

* 무인도에 표착하여 살던 한 사람이 어느 날 꿈을 꾸었다. 상어가 도와주러 오겠다는 꿈이었다. 해안에 나가 보니, 정말로 상어가 와서 그 사람을 고향에 데려다 주었다. 〈오키나와 이제나지마〉

* 사자(使者)로 중국에 가던 채양(蔡讓)은 도중에 태풍을 만나 조난을 당하고 말았다. 파도에 밀려 떠내려가면서도, 소중한 국서(國書)는 손에서 놓지 않았다. 그러자 돌연 커다란 거북이 나타났다. 채양은 거북의 등에 올라타 무사히 임무를 마칠 수 있었다. 그 은혜를 기려, 채씨 문중은 지금도 거북이 고기를 먹지 않는다는 이야기가 있다. 〈오키나와 요미탄〉

* 야부(屋部)의 한 선장이 아이들에게 괴롭힘을 당하던 거북이를 구해주었다. 신장은 서북에게 우시자시(남자가 쓰는 비녀)를 꽂아 바다에 놓아 주었다.
삼 년 후, 선장의 배가 조난을 당해 모두 익사하였다. 그러나 그 선장만은 거북의 도움으로 살아날 수 있었다. 자세히 보니, 거북에게는 우시자시가 꽂혀 있었다. 그 후, 야부에서는 지금도 거북이 고기를 먹지 않는다. 〈오키나와 나고 야부〉

상어가 구해준 사나이

44

괴물 퇴치

큰 뱀 구치후라차

기센바루(喜瀨武原)[1]에 가다보면 쌍둥이 나무가 있다. 옛날, 그 근처의 삼거리에 '쌍둥이 나무의 구치후라차'라고 하는 큰 뱀이 있었다. 그 뱀은 커다란 입을 온나손(恩納村)의 아후소(安富祖)와 나카마(名嘉眞) 쪽으로 벌리고, 꼬리는 킨(金武)까지 늘어뜨리고 있었다. 뱀은 모두 먹어치우겠다며 아후소와 나카마 쪽으로 입을 벌리고 있었는데, 그 때문인지 아후소와 나카마에는 벼를 심든 이모를 심든 매년 늘 흉작이었다. 그러나 그 뱀의 꼬리가 놓여있는 킨 마을은 언제나 풍작이었다고 한다.

아후소와 나카마 사람들은 어찌해야 할까 궁리한 끝에, 결국 뱀 때문이라고 여겨 그 뱀을 죽여야겠다고 생각했다. 킨 사람들의 반대에도 불구하고 매일같이 뱀을 찾아가 죽이려고 했지만, 가까

---

1) 오키나와 온나손(恩納村)의 마을.

이 가면 그만 무서워져서 그대로 도망쳐버리곤 했다.

그 이야기를 들은 킨의 청년 하나가, 혼자서 구치후라차를 죽이러 갔다. 화살을 꺼내 쏘았더니, 그대로 뱀의 목구멍으로 들어가 피가 흘러내렸다. 구치후라차는 죽었지만, 지금도 입은 크게 벌리고 몸뚱이는 구비구비 이어져 꼬리가 킨까지 뻗어 있다. 그 등 위로 나무들이 자라났다고 한다. 〈오키나와 킨〉

구치후라차 전설 관련지

* 기조카(喜如嘉)의 산 속에 늙은 노부부가 세 자매를 데리고 살고 있었다. 그런데 딸 두 명이 차례로 사라져 버렸다. 너무나도 근심스러워진 나머지 노부부는 신에게 기도를 올렸다. 신이 나타나자, 노부부는 딸 두 명이 사라져버렸다고 말했다. 신은 노부부에게 말했다.

"여덟 개의 나무통에 술을 넣어 두어라."

노부부는 신의 말을 따랐다. 밤중이 되자, 머리 여덟 개가 달린 큰 뱀이 나타났다. 뱀은 술이 담긴 나무통에 머리를 처박고 술을 마시더니 결국 늘어져 버렸다. 딸들을 되찾은 노부부는 그 후로 사이좋게 잘 살았다.

〈오키나와 오기미 기조카〉

보라 모토지마의 용

옛날 보라(保良) 모토지마(元島) 근처에는 커다란 동굴 속에 용이 살았다. 아기용은 하늘을 왕래할 수 없었지만, 부모용은 하늘로 올라갔다 동굴로 내려왔다 하며 지냈다. 그 용이 종종 모토지마 사람들을 습격하여 잡아먹었기 때문에, 마을 사람들은 용을 퇴치하기로 마음먹었다. 용이 굴속에서 잠을 자는 동안, 마을 사람들은 굴의 입구를 마른 풀로 틀어막고 불을 붙여 용을 태워 죽였다.

그러나 그 때 동굴 속에 있던 것은 아기용뿐이었다. 하늘로 올라갔다가 동굴로 돌아온 부모용은 자식이 죽어있는 것을 보고 매우 슬퍼하며 큰 소리로 울었다. 슬픈 울음소리가 보라 모토지마까지 들렸는데, 그 소리를 따라 만든 악기가 바로 '구쿄(胡弓)'이다.

부모용은 자식을 태워 죽인 모토지마 사람들을 하나하나 차례로 잡아먹었다. 겨우 살아남은 사람들은 용에게 쫓겨 모토지마를 버리고 동쪽으로 도망가 '사키바리'라는 섬에 살았다. 사키바리 섬에는 7,8채 정도의 집이 있었다고 한다. 지금은 없어졌지만, 옛날에는 그 집터가 남아 있었다고 한다.

그러는 사이 사키바리 섬도 말라리아로 전멸하고, 몇몇 살아남은 사람들이 다시 삐야우나 섬으로 옮겨 살게 되었다. 삐야우나 섬을 개척한 집안은 '이이바라야'라고 해서 지금도 그 흔적이 남아 있다. 삐야우나 섬은 이이바라야 가문에서 비롯하여 한때는 꽤 번성했으나, 그 후로 점점 지금의 보라 지역으로 옮겨 살게 되면서 결국 삐야우나 섬도 멸망해 버렸다. 그 사람들의 자손은 지금도 보라에 살고 있다. 〈미야코 미야코지마 구스쿠베〉

가자(我謝)의 사자

옛날, 어디서 왔는지도 모르게 날아든 사자(獅子)가 자리하여 니시하라(西原)[2]의 가자(我謝) 마을을 노려보며 앉아 있었다. 사자는 한밤중이 되면, '가자를 먹자'라며 울부짖었다. 가자 마을에는 궂은 일이 끊이지 않고 일어났다. 마을 사람들이 유타(무당)의 집에 찾아가 연유를 묻자, 유타는 그 사자 때문이라고 대답하였다. 그러자 가자 마을의 용사(勇士)가 사자의 아래턱을 부수어버렸다. 이후, 가자 마을은 아무 일도 일어나지 않고 평온해졌다.

〈오키나와 사시키〉

---

2) 오키나와 중부 남단에 위치한 마을. 서쪽으로 나하와 우라소에, 북쪽으로 기노완과 나카구스쿠, 남쪽으로 요나바루와 하에바루를 접하고 동쪽으로는 나카구스쿠만(灣)이 있음.

참고문헌

根間玄幸, 『宮古の民話』, 宮古新報, 1978.

多良間村役場(遠藤庄治 監修), 『多良間村の民話』, 多良間村役場, 1981.

大城立裕・星雅彦・茨城憲, 『沖繩の傳說』, 角川書店, 1976.

島尾敏雄・島尾ミホ・田畑英勝, 『奄美の傳說』, 角川書店, 1977.

稻田浩二・小澤俊夫 編, 『日本昔話通觀』26, 同朋舍, 1983.

福田晃・佐渡山安公・下地利幸・岡本克江・山本清, 『城邊町の昔話(下)』, 同朋舍出版, 1991.

上勢頭亨, 『竹富島誌−民話・民俗篇』, 法政大學出版局, 1976.

遠藤庄治・福田晃・山下欣一, 『日本傳說大系−南島』, みずうみ書房, 1989.

伊是名村敎育委員會(遠藤庄治・西銘千惠美 編集責任), 『いぜな島の民話』, 伊是名村敎育委員會, 1983.

佐喜真興英, 「南島說話」, 『日本民俗誌大系』1, 角川書店, 1974.

沖繩古語大辭典編集委員會, 『沖繩古語大辭典』, 角川書店, 1995.

沖繩大百科事典刊行事務局, 『沖繩大百科事典』, 沖繩タイムズ社, 1983.

平凡社地方資料センター, 『沖繩縣の地名』, 平凡社, 2002.

谷川健一・山下欣一・荒木博之・波平恵美子, 『南島のフォークロア』, 靑土社, 1984.

牧野清, 『八重山のお嶽』, あ~まん企劃, 1990.

山下欣一, 『南島民間神話の研究』, 第一書房, 2003.

松本孝三, 「南島の大人傳承―佐敷町糸満市の資料を中心に」, 『奄美沖繩民間文藝研究』20, 1奄美沖繩民間文藝研究会, 1997.

遠藤庄治，『沖繩の民話研究』，NPO法人沖繩傳承話資料センター，2010.

伊波普猷，「琉球の神話」，『古琉球』，外間守善 校訂，岩波書店，2000.

赤嶺政信，"アマミク・シネリク"，『しにか』10-9，1999.8.

畠山篤，「カンジャナシー」，『沖繩県久高島の祭リ』，古典と民俗の會 編，百帝
　　社，1981.

池宮正治，「沖繩の創世神話について」，『琉球文學論』，沖繩タイムズ社，1976.

平良市史編さん委員會 編，『平良市史』第三卷，平良市 教育委員會，1981.

平良市史編さん委員會 編，『平良市史』第九卷(御嶽編)，平良市 教育委員會，
　　1994.

湧上元雄・大城秀子，『沖繩の聖地-拜所と御願』，むぎ社，1997.

찾아보기

·
오
키
나
와
옛
이
야
기

■ 정진희

서울대학교 인문대학 국어국문학과 및 동대학원 졸업
琉球大學法文學部 外國人特別研究員
현재 아주대학교 다산학부대학 강의교수

주요논문
「제주도와 미야코지마 신화의 비교 연구 – 외부 권력의 간섭과 신화의 재
편 양상을 중심으로」, 「제주도와 오키나와 미야코지마 신화에 보이는 입
도녀·토착남 혼인 화소의 비교 고찰」, 「오키나와 창세 신화의 재편 양상
과 논리」, 「오키나와 거인 전승의 설화적 위상과 성격」

오키나와 옛이야기

2013년 3월 29일 초판 1쇄 펴냄
2019년 4월 30일 초판 2쇄 펴냄

엮은이 정진희
펴낸이 김흥국
펴낸곳 도서출판 보고사

책임편집 이유나
표지디자인 오동준

등록 1990년 12월 13일 제6-0429호
주소 경기도 파주시 회동길 337-15 보고사 2층
전화 031-955-9797(대표), 02-922-5120~1(편집), 02-922-2246(영업)
팩스 02-922-6990
메일 kanapub3@naver.com / bogosabooks@naver.com
http://www.bogosabooks.co.kr

ISBN 979-11-5516-002-2 93830
ⓒ 정진희, 2013

정가 13,000원